残されたつぶやき

山本文緒

角川文庫
23326

Contents

家族、友人、仕事、そして

たとえ小説が書けなくてもいい――

うつ病で入院したときから、もうすぐ5年です。今も睡眠障害などは少し残っていますが、驚くほど快復しました。とはいえ、この病気はスッキリ完治するということはありません。「心の風邪」とたとえられることが多いけれど、風邪というより糖尿病とか痛風、高血圧に近い。つまり残酷な言い方になりますが、一度患った人は、うつになりやすい体質を一生抱えていくことになる。でも、食べ物や運動で血圧や血糖値をコントロールするように、この体質とつきあっていくことはできる。早寝早起き、食事、運動……、なかなか難しいことですが、気をつけていきたいと思っています。

私は病気だ、とはっきり自覚したのは、原稿が書けなくなったときです。それまでにも、書き下ろし小説の進行が遅れたり、連載が締め切りギリギリになったりしたことはあったけれど、書けなくなったことはありませんでした。追い詰められればできる、と信じてきたので、追い詰められてもどうにもならなかったときのショックは激しかった。

すでに、食事を作って食べたり、部屋を片付けたりという日常的なことができなくなっており、一日の大半を臥せって過ごす日々が続いていました。それでも原稿だけは書いてきたのに、それさえもできなくなってしまった。小説家のくせに原稿が書けない、自分の体が自分の意思でどうにもコントロールできない。それが2003年の2月。精神科医から「抑うつ状態の悪化」――平たく言うと、うつ病であるということを告げられ、入院を勧められたのは、翌月の頭でした。

入院することに抵抗？　いえ、そんな余裕はありません。抵抗どころか、涙が出るほど嬉しかった。ああ、これで助かる、いろいろなことから解放される。入院するのは相当なことだと思ったので、逆に、そこまでするならさすがに治るだろう、という期待も大きかった。

実は、私はもともと不眠気味だったこともあり、それまでにも、気分がふさぎ込んでいると感じて精神科医に診てもらうということはありました。とは言っても、日常生活に支障はなく、ごく軽いものでしたが。ところが、入院の2年ほど前から、常に気持ちが疲れているような状態になっていたんです。それでも仕事は続けていけたし、調子のいい日もそれなりにあったので、まさかこんなに悪くなるとは思ってもいませんでした。

当時の私は、傍（はた）から見れば人生のもっともいい時期にあったのではないでしょうか。01年に直木（なおき）賞をいただき、プライベートでは再婚もした。何もかも順調で幸せだったはず。ただ、よく言われることですが、栄転や結婚という人生の中のめでたいイベントも、人によってはストレスになり、うつ病の引き金になる。今考えると、結局のところ何が直接の原因であったのかはよくわかりません。不摂生による体調の悪さ、気持ちの落ち込み、対外的なトラブルなどが運悪く重なりあって大きな波となり、踏み外してしまったのかもしれません。

そのときは、1ヵ月ほどで退院できたのですが、「うつ」ってすんなり治るものではないんですね。退院後は、体が鉛のように重い日があるかと思えば、比較的元気な日もあり、どうしても眠れない夜もあれば、何時間寝ても眠気のとれない過眠の日もある、という状況が続きました。そんななかで、退院して4ヵ月後の8月末から、雑誌に日記エッセイ「再婚生活」の連載を始めることになりました。

当初、退院後のリハビリのつもりで書き始めたこの日記は、結果的にはその後3年にわたって続いた闘病生活をリアルタイムで追うことになってしまいました。その時々に心に浮かんだことを、書き散らすなんて、よくぞやったと思います。何も考えていなかったからこそできたのでしょう。実は、これが単行本化されるときには非常に悩みました。自分を取り戻してやや冷静な後半はともかく、前半の病の渦中、自分を見失っていたときに考えていたことを、そのまま出版するのはいかがなものか。あまりに恥ずかしいのではないか……。

　とは言っても、この日記の中にいる「うつ病の私」も、私であるわけで……。まあ、今となれば、あのときにしか書き残せないものを記録しておいてよかったなあと思います。病気を通して、私という人間がどう変化したかが、そこには克明に表れていると思いますしね。

　日記を書き始めて間もないある日、私は、自分の中に書きたい気持ちが戻ってきたことを、非常に嬉しく思いました。もちろん、書くことを生業（なりわい）としているのですから喜ばしい限りなのですが、あのときの私がことさら力を込めてしまったのは、アイデンティティの危機ゆえのことだったと思う。何をやっても不器用な私が唯一、他人様（ひとさま）からほめてもらえるのが、ものを書くことでした。幸いそれが職業となり、本が売れ、大きな賞をいただき、マンションを買い、仕事を通して知り合った優しい男性と再婚までしてしまった。すべては、「書ける私」が手に入れたものです。仕事こそがアイデンティティ。書ける私はよい私、書けない私になんて存在の意味がない。だから、すぐにでも書き始めなくては。

その後、本調子でないまま仕事を開始した私は、浴びるようにお酒を飲み、大量のたばこを吸う生活に戻ってしまいました。ろくに運動もせず、睡眠のリズムを乱して、ストレスをため込んでいく。家事は夫にやってもらうことが増え、根がマジメな私にとっては、それはそれで負い目になる。仕事部屋を片付ける気力がなく、汚い部屋によけい気が滅入っていく。当時私たち夫婦は別居婚だったのですが、私のことを気遣ってしょっちゅう家にきてくれる夫をずいぶん邪険に扱ってしまったように思います。それでいて人恋しければ呼びつけるという傲慢ぶり。大切にされているのに「しょせん人間は一人なんだ、誰も助けてくれないんだ」と考えてしまった。それはある意味真理ではありますが、あの状況でよくもまあそんなことを、とも思う。とにかく、自分と自分の仕事のことだけしか考えられなくなっていました。

仕事だけはちゃんとやりたかったんです。だから、取材のときや原稿を書くときは、処方されていたリタリンを飲みました。まるで、ドーピングです。仕方なく飲むのですが、みるみる元気になり集中力が上がるので、気がついたら飲まずには仕事ができない体になっていました。リタリンそのものが悪い薬なのではなく使い方次第だ、とお医者さんがおっしゃっていましたが、私はまさに、その使い方を誤ってしまったのでしょう。

リタリンでしのぎながら暮らすより、再入院したほうがいいのではないか——こんなふうに思うようになったのは、通常の量を服用しただけでは、効き目が薄くなっていることに気づいた11月の終わりごろ。そして、翌月半ば、退院後8ヵ月で、うつ病の再発により再入院となってしまいました。

この再入院のとき、あろうことか、私は仕事をするために、パソコンを病室に持ち込んでしまいます。うつを治療するには、とにかく、日常から切り離されたところで、日常の問題を忘れて過ごすことが大切だと言います。治療は主に休息と投薬で行われますが、休息といってもただベッドに寝るだけでなく、頭を休めることが必要なのだそうです。

と、考えれば、うつ病で入院中に病室で仕事をしようとするなんて、とんでもない話ですよね。でも、あのときは、そんなに根を詰めてやるわけじゃなし、仕事をやりながらだってこの病気は治せる、治してやる、と本気で思っていました。

一応、「再婚生活」が連載中だったから、責任を果たさなければ、という大義名分もありました。が、本当の理由は責任感ではありません。まがりなりにも、日記の連載を続けていた私には、書ける限りなんとかなるという思いがあったんです。だから手放すことが怖かった。それからもうひとつ、完全に休んでしまったら、この業界から忘れ去られてしまうのではないか。注文がこなくなるかもしれない。何よりもそれを怖(おそ)れていました。

結局、入院中にほかの仕事も、たくさんではありませんが引き受けてしまいました。ゲラのチェックをしたり、文学賞の候補作を下読みしたり、原稿を書いたり。仕事中はたいへんだとかつらいと思うことはないのですが、翌日、疲れが、それまでに経験したことのないほどの重たさでドッと出る。

2月の終わりに、ある文学賞の選考会に出席したときは、久しぶりに顔を合わせた同業者や編集者たちから「元気そうで安心した」と言われましたが、内心複雑でした。うつ病患者はいざとなれば、健常者なみに元気に振る舞うことはできるのです。ただ、その前と後がたいへんなことになる。私は、選考会の直前に、体調をひどく崩していました。そして、選考会翌日は、予想通り完全に抜け殻のような状態になってしまったのです。

仕事をするのはもう限界だ――結局、この出来事を機に私はすべての仕事をやめて治療に専念することを決意します。アイデンティティがどうのと言ってる場合じゃなかった。もう、とにかくこれ以上は無理。「再婚生活」は、2月に書いた日記を最後に中断し、パソコンに触ることもなくなりました。

休載は2年以上におよび、再開は06年の6月。その後は短い休載をはさみながらも、8月の終わりの主治医からの完治宣言を経て、12月で無事連載終了となりました。振り返ってみると、この空白の2年ちょっとの間に、いろいろなことが大きく変わったように思います。

まず病気のほうは、04年の2月に最後の日記を書いてから、悪化の一途をたどりました。転院の末、ようやく退院したと思ったら、今度は内臓の病気でまた入院。退院後は、私の具合がとにかく悪く、一人で暮らせる状態ではなかったので、私たちは別居婚をやめ、夫は私の生活を支えるため同居に踏み切ってくれました。

実は、日記に記録の残っていないこの時期こそが、うつ病との闘いのもっともたいへんな時期でした。もともと記録魔の私のこと、仕事はしなくても、私的な日記やメモぐらいは残しそうなものなのに、何一つ残していないんです。作家として今思えば、貴重な体験、貴重な記録をどうして残さなかったのだろう、と悔やまれます。が、それは今だからこそ言えること。自分が心を病み、ひどい状況にあることはわかっていましたから、記録を残したくない、という気持ちが書けなくさせていたのかもしれません。

というのは、記憶もほとんど消えてしまっているんです。サッパリ忘れたというのではなく、霞（かすみ）がかかったように、一番悪かったあの時期の出来事だけがぼんやりとして定かでない。周りに多大な迷惑をかけ、非常に恥ずかしいことがたくさんあったのは確かなんです。でも、具体的にこういうことがあった、と言えるような記憶として残っていないのです。

いつだったか夫が、2人でお酒を飲んでいるときに、「今だから言うけど」と当時の大変さを少しだけ語ってくれたことがあります。聞けば、私に「出て行け」と言われ、やむなく家を出て首都高速を車でぐるぐる走っていたら、電話がかかってきて「すぐ、帰ってきて」と言われたとか。私にはまったく身に覚えのないことですが、ひどい話ですよね。実は、こんなことは氷山の一角で、この手の話はいくらでもあるそうです。覚えておきたくないことは、都合よく忘れるようにうまくできているのですね。

夫は、私がひどい状態のころ、掃除ばかりしていたそうです。頭を空っぽにして掃除に集中しているときだけは気が紛れたから、と。うつ病は、本人もたいへんだけれども、周囲も否応なく巻き込まれてゆきます。夫には、感謝してもしきれないのはもちろんなのですが、こういったつらい経験を通して、夫婦の形も少し変わったように思います。と言うより、私が変われたと言うべきでしょうか。

これまでの私は、どこか鎧を身につけていたというか、突っ張っていました。人はもともと孤独なのだから、どんなに親しい関係であっても依存しあうべきじゃないという思いが強かった。もちろん、今も人は孤独だと思うし、病気を治すのも最後は本人だと考えています。ただ、家族や親しい友人の間では、もう少し持ちつ持たれつでもいいのかな、とも考えるようになりました。夫とも許し許される関係になれたのではないか。いえ、私のほうは前から甘えていたので、相手を許すことが少しだけできるようになったのではないかな、と思います。

病気の原因についても、最初のころは、仕事上のストレスや、周りとの関係などで感情のバランスが崩れたからだと思っていました。その気持ちの根底には、「外からの攻撃のせいだ」という被害者意識があった。でも、日記にもはっきり記してありますが、完治宣言の出るころには、「悪い体が悪い心を生んだのだ」とも考えるようになっています。体を大切にせずに不摂生を重ねてきたから、自律神経がまいっちゃったのかな、私にも悪いところがあったんだな、と、遅ればせながらやっと認められるようになった。

今、強く感じていることは、私はもう、病気になる前の私には戻れない、ということです。闘病中に「以前の私に戻りたい」と願ったものですが、病前と病後は、良くも悪くも別人です。ちょっと前向きに考えるとしたら、「新しい自分」ということでしょうか。ふつうに生きていると、なかなかそれまでの人生をリセットするような機会はありません。でも、うつ病にかかれば、そういう普段は至れないところまで連れて行かれてしまう。だからこそ、治ったときには必ずや、新しいスタートが切れると思うのです。

私自身は、どんなスタートを切ったのか……。最初のほうでお話ししたように仕事こそがアイデンティティ、書けない私は存在する意味がない、という傲慢（ごうまん）な私とはさよならできました。体にどこも痛いところがなく、食べ物に困ることもなく、とりあえず生きていられる、それだけでもずいぶん幸せなことじゃないか。極論になりますが、小説が書けなくなったとしても、ほかのことをやって生きていくのも悪くないな、とさえ思うようになりました。

もちろん、私はこれからも書いていきます。ただ、今までより、少し肩の力が抜けて、楽しみながら書けるような気がするんです。おそらく、来年には、新しい小説をお届けできるはず。私の中の変化を、小説の中に少しでも映し出せたらいいな、と思いますね。

愛情をラッピング――

大家族というものに今でも憧れる。

おじいちゃんとおばあちゃん、お父さんとお母さん、お姉ちゃんと弟、そして犬と猫。加えてつれあいに先立たれたおばあちゃんの妹やら、下宿人の大学生のお兄さんもいたら完璧だ。家の中には常に人がいて、冷蔵庫に食料品が空になることはなく、笑ったり喧嘩したりが日常茶飯事で、派閥は流動的。誰かが誰かと気まずくなり、誰かが誰かをかばい、誰かと誰かが秘密を共有する。一家には独特の行事とルールが自然発生しては自然消滅していく。

たとえば私がその中にいたら、宅配便がいつ届くか心配しないでいいし、ペットを家族に任せて長い旅行にも出られる。自分の部屋で本を読んでいて、ふと他愛ないおしゃべりがしたくなったら居間に行けばいい。そこにいた人とテレビを一緒に観て笑い、みかんを剝いて食べる。母の小言を聞き流し、弟のＣＤを借りて聴く。いってきますと言って出掛け、ただいまと言って帰って来る。食卓の上の、ラップにくるまれた夕飯の残りを電子レンジで温めて食べる。お茶を淹(い)れるときは、そこらにいる人みんなに飲むかどうか聞いてからお湯を沸かす。こうやって想像すると、私は大家族の中でうまくやっていけるのではないかと思ってしまう。

　だが現実は違った。私はいわゆる核家族の中で育ったが、そこでさえあんまりうまくやれなかった。両親と兄と私、そして様々なペット。核家族といえども兄と動物がいたので、一人っ子でペットもなしという家庭よりは賑(にぎ)やかだったかもしれない。

　居心地がよかったのは小学生くらいまでで、中学に上がる頃には家族をなんとなく疎ましく思いはじめていた。真剣にテレビを観ているときに話しかけられると頭にきたし、出掛けるときに行き先と帰宅時間を申告しなければならないことも重圧だった。友人との旅行はなかなか承諾を得られず、母の作るおかずもあまり好きではなかった。早く一人暮らしがしたい。高校生の私は、いつか小さくても自分一人の城を手に入れることを夢見ていた。

　そして大人になり、念願の一人暮らしを満喫すると、いつの間にか私は猫を飼いはじめた。旅行に行くのに不便になるとわかっていても。そして二度も結婚した。隅から隅まで自分の好みにお城を整えることができなくなるとわかっていても。

いま私の家庭は夫と私と猫、というミニマムなものだ。もちろん実家の両親だって、結婚して実家を出て行った兄だって、夫のおかあさんや妹さん一家も家族には違いないのだが、同じ屋根の下に暮らしているのはこの三名だ。

なのに、私は猫を連れて仕事場に長逗留することも多いし、夫は仕事が忙しく平日はすれ違ってしまうことも多い。いったい私は家族に何を求めているのだろうと首を傾げてしまうことがある。

さみしいときにはそばにいて、一人でいたいときにはそうっとしておいて。そんな身勝手なことを真剣に思っているのかもしれない。

考えてみれば、大家族の中にあればそんな身勝手な願いが叶うのかもしれない。何人も家族がいれば、私が少しの間家から離れても家は閑散としないし、他の誰かの不在も一人で受け止めなくていい。いや、そんなものは甘い幻想なのだろうけれど。

ミニマム家庭の私たちでも、それなりに自然発生した行事とルールをもって暮らしている。離れて寝起きしているときは「おはよう」と「今日の予定」と「おやすみ」のメールを打って無事を確かめる。どちらかがご飯を炊いたら、余った分はラップでくるんで冷凍庫に入れる。平日は私が食料品や日用品の買い出しをし、週末は夫が料理をする。

朝目が覚めて、もう夫が仕事に出掛けてしまっていても、台所に私の分のおかずがラップをかけて置いてある。家庭が乾かないようにという願いを私は確かにそこに見るのだ。

『小公女』

小学校四年生の時、ほんの少しの間だけ登校を拒否したことがあった。クラス替えが行われ、新しく担任となった先生のことが気にくわなかったのである。そんな理由で学校に行かないと言い張った私は、堪え性のない子供だったと思う。そして今でも不思議なのだが、母親がそれをあっさり許したのだ。当時、母は大変に厳しい人だったので、子供心に拍子抜けしたことを覚えている。

平日の昼間に家でぶらぶらしていていいことがとても嬉しかった。漫画を読んで犬と遊んでお菓子を食べて眠くなったら昼寝、という夏休みのような毎日だった。でも夏休みと違うのは友達と遊べないことで、数日後にはすっかり飽きてしまった。退屈を持て余し、母が買い物に出た隙に家中を探検してみることにした。そのときに両親の部屋の本棚に日に焼けてぼろぼろになった『小公女』の文庫本を見つけた。本好きではなかった私がそれに興味を持ったのは、裏表紙に母のフルネームが書かれていたからだ。それは旧姓だったので、つまりその本を持って母はお嫁にきたということになる。細かい活字がぎっちり詰まっているその本は、大人の読み物に感じられた。学校の推薦図書さえ苦痛で読了できない私がこんなちゃんとした本が読めるわけがないと思ったのに、冒頭を読み出すと止まらなくなった。ビジュアルが頭の中にどんどん浮かんで展開した。美内すずえ先生の漫画みたいだ、と思ったことをよく覚えている。のめりこむように本を読んだのは、それが生まれて初めての経験だった。

面白かったという思い出はあっても、大人になった私は本の内容をよく覚えていなかったので、実家の押入を探ってそのぼろぼろになった『小公女』を見つけだし再読してみた。

よく読めたな十歳の私、と感心した。というのは、有名な少女向けの小説ではあるが、表現もボリュームも大人向けの本となんら変わらないのである。四十五歳の私も夢中になって読んだ。

おぼろげに記憶していたのは、お金持ちの娘である主人公がなんらかの理由で一文無しになり、寄宿学校のいじわるな先生にこき使われて、最後にあしながおじさんみたいなお金持ちが現れて人生一発逆転、という流れであるが、再読してみたら、まあお話はそんな感じで間違ってはいなかった。印象に残っていたシーンは、主人公が冷たい雨の中をひもじい思いをしながらお遣いに行く、という場面なのだが、今読んでもそのシーンが一番ぐっとくる。主人公がお金持ちの親に買ってもらったドレスを着てクラスメイトに親切にしているところより、ぼろを着て飢えきっていても、誇りを捨てずにいるところの方がきっと万人の胸に響くだろう。

人物造形といい構成といい、物語の王道を踏んでるなあ、と思った瞬間気が付いた。違う違う。王道の源がこれなのだ。子供のときは美内すずえ先生の漫画の絵にあてはめて読んだけれど、再読したらその雰囲気は「ハリー・ポッター」や「ライラの冒険」を連想させる。きっとイギリスの寄宿学校ものの作品のすべてがこの『小公女』の影響を色濃く受けているに違いない。

今回、挿絵のある、もっと子供向けに作られた『小公女』も読んでみたのだが、登場人物や風景など、絵でずばり表現されてしまうと、なんだか窮屈な感じがした。自由に想像する余地を奪われてしまうからかもしれない。子供の想像力というのは、大人が考えているよりもずっと大きなものなのだということがはっきりわかった。

「わたしは苦しい目にあったために、あなたがどんなにいいひとだかわかったわ」という主人公の台詞(せりふ)を読んで、私は忘れていたことを思い出した。子供だった私がその台詞を読んだとき、お話と関係なく、恐くて厳しい母親のことを、不器用なだけで愛情深い人なのではないかとふと思ったのだ。私はそれで学校に行きたくない本当の理由を母に話してみる気になった。それは隣の席の男の子に見えないところで暴力をふるわれていて、先生に訴えても信じてもらえなかったのだ。それさえなければ私は学校に行きたいのだと。

母にそのことを覚えているかと聞いてみたら、自分が名前を書き入れた本のことも、娘が登校拒否したこと、それを理由も聞かずに許したことも、まったく覚えていなかった。

あの日にタイムスリップ――

1993年6月9日。

皇太子殿下と雅子様のご成婚の日である。この日のテレビ最高視聴率はなんと79・9%だったそうだ。

もちろん私も朝からテレビに張り付いて、世紀のご成婚の一日を目に焼き付けるつもりだった。

当時私は一度目の結婚をしていたが、あまりうまくいっていなかった。喧嘩をしているわけではないが、夫の仕事が忙しすぎて何カ月も会話らしき会話をしていなかった。でもこの日は臨時の祝日となり、夫は久しぶりに会社を休めるという。ご成婚パレードを夫と一緒に見られることが嬉しくて、楽しみで楽しみで仕方なかった。ところが前日、夫は仕事帰りにレンタルビデオ店から大量の映画を借りてきて「明日はどの局もずっと皇太子の結婚でつまんないからこれを観る」と宣言したのである。つ、つまんないって何？　と私は茫然とした。テレビが見られないことと、夫に拒否されたことのダブルショックで冷や水を浴びせかけられたような気がした。一生に一度しかないことなのにと抗議したが「くだらない。ミーハーだ」と却下された。

6月9日はまさに日本晴れとなった。休みの日、夫はいつも昼頃まで眠っている。狭いアパートに住んでいたので夫が眠っているうちはテレビを点けられないし、家にいても腹が立つだけだと駅前の大型スーパーまで買い物へ行った。電器売り場へ行ってみると、置いてあるテレビには全て雅子様の輝くような笑顔が映っていた。真っ白なドレスと紙吹雪。皇太子様のとろけそうな優しい笑顔。私はそこに立ったまたまぶん二時間近くテレビを見ていたと思う。

いまこの時、日本中の人がそれぞれの事情を抱えて同じ画面を見ているんだろう、そしてひと時でも明るい気持ちを取り戻しているんだろうなと思うと、やがて尖った気持は治まった。

私は夕飯の買い物をして部屋に戻った。夫は映画を観るどころか、夕方になっても目を覚まさなかった。この人は本当に疲れているんだなとわかった。体だけじゃなくて精神的にもへとへとなんだなとやっとわかった。そして疲れさせているのは私なのかもしれないと。

無理やりにでもテレビを点けて、輝くお二人の姿を見せたら彼の尖った気持も少しは和らいだだろうか。それとも遠い人の幸福は何も彼に訴えかけないだろうか。もうとっくに済んだ過去の出来事なのに、私にとって永遠に引っ掛かっていて、永遠に答えが出なそうな疑問なのだ。

山本文緒の口福

自炊の理由　外食までの高いハードル

三食自分で作って食べているというと、意外な顔をされることが多い。そういうふうに私はどうやら見えないようだ。まめであるとか料理好きとか健康に気をつけているとか、そういうことを感じさせる人物像ではないらしい。

確かに私は面倒くさがりだ。料理とは、献立を考えて買いだしに行って調理して、やっと食べたと思ったら片付けをしなくてはならないものなので、それは修行というか苦行に近いものだと常々思っている。

なのに自分でもどうして三食作って食べているか不思議だ。一食くらい外で食べたり、カップ麵（めん）などで済ませてもいいような気がする。もちろんたまには買ってきたものを食べることもあるし、夫に作ってもらったり、出版社の方にご馳走（ちそう）になることもある。でも基本的には私は一日三回、自分で作ったものを一人でもそもそと食べる。

その一番の理由は、私の原稿を書くスピードが極端に遅いからだと思う。たとえば原稿用紙三枚のエッセイを依頼されたとする。その程度の原稿なら他の作家さんは一日あれば楽勝なのだと思われる。どうかすると締切がきてからささっと書いてしまう方もいるようだ。だが私の場合は一週間くらいみておかないとならない。一週間ずっとその原稿をやっているわけではないけれど、アイディアをぼんやり考えておいて、実際に書きはじめて書き終わるまでそのくらいかかるのだ。とにかく私は何事もささっとできないのである。

仕事の遅い私は、大して原稿がはかどらないうちにお腹がすいてしまう。朝ご飯から昼ご飯の間にひと仕事終わらないのである。しかし外に食べに行くには、ばったり知り合いにあってもいいくらいの格好をしないとならないだろう。私の仕事着はラーメン屋か銭湯にしか行けないような格好である。で、着替えるよりは簡単に作って食べた方が早い、ということになる。

一時、朝起きたら化粧をして、駅付近のランチの店までは出掛けられるような格好をして仕事をするよう努力したこともあったが続かなかった。出掛けたら出掛けたで嬉しくて、本屋やコンビニでみっちり立ち読みしてしまうので時間を食うのだ。

ご飯を炊いておいて、納豆と漬物と卵か魚を焼いて食べた方が、外で食べるより楽だし簡単だし安い。あ、そんなのは料理とは言わないか……。

お腹がすく　四時間に一回の恐怖

普通に会社勤めをしている男性の方は驚くかもしれないが、家にずっと居て台所を司（つかさど）っている人間は始終食べ物のことを考えているのである。朝ご飯を食べながら昼ご飯のこと、昼ご飯を食べながら夕ご飯のことを考える。夕方にマーケットへ買い物に出れば、翌日や翌々日のことも考えてあれこれ食材を選ぶ。料理人でもないのに、気がつけば献立のことばかり考えている。

私は食べることが好きだし、夫は家にいないことが多いので、たいてい自分一人の献立だけ考えればいいからそれほど苦痛ではないけれど、常に家族の分のメニューまで考えている方には本当に頭が下がる。自分一人分でも「なんで一日三回もご飯食べなきゃならないの！」と頭にくることがあるのだ。頭にきてもお腹は減る。

私は四時間に一回お腹がすく。前にうっかりそう発言したら夫に冷たい目で見られたことがある。その顔には「だから太ってるんだ」と書いてあった。食の細い夫は、朝食をしっかり食べたら夕方まで何も食べないことが多いらしいし、夕飯が仕事の会食だったりすると朝起きても全然お腹がすいていないそうだ。私は朝起きたらたいてい腹ぺこである。

それからもうひとつ驚かれたのは、私はお腹がすくのが恐い、と告白したときである。全国津々浦々にコンビニエンスストアが蔓延(はびこ)っていて、急に空腹になっても何かしらの食べ物が手に入る世の中なのに、私は空腹になると大きな不安に襲われるのだ。なのでバッグの中には、長期保存のきくクッキーがいつもひとつ入っている。それを食べることはまずないのだけれど、食べ物をまったく持っていないで出掛けるのがなんだか恐いのである。これは一種の強迫神経症みたいなものなのだろうか。

私は食事のたびに携帯電話のカメラで写真を撮っているのだが、それは後で見返すのが楽しいからである。うまく献立が立てられないとき食事写真を一枚一枚見ていくと「豆のカレーという手があったか。多めに作って冷凍しておけば何もする気がしないとき食べられるよね」「ピーマンが余ってるから親子丼用に売っている細切れの鶏(とり)肉(にく)とナンプラーで炒(いた)めてやれ。鷹(たか)の爪たくさん入れて激辛にしてやろう、いしし」というふうに役に立つ。

四時間に一回お腹がすいて四時間に一回恐怖に襲われている私は、おちおちパソコンに向かっていられない。今も台所で蓮根(れんこん)と生揚げが着々と煮込まれている。

一人の食事　ひそかに楽しむ禁断の味

ほとんど毎日家にぽつねんと居る。人がいたら原稿が書けないので、一人でいるのも仕事のうちだからだ。かろうじて猫が居るのが救いだが、寝てばかりであまり人間に構ってはくれない。

一人の食事は時折さみしい。何かの拍子にカレーがいつもよりおいしくできてしまった時などは、知り合いという知り合いに電話をかけて食べに来いと言いたくなる。それをぐっと堪（こら）えて寝ている猫の口元にカレーを持っていってみる。当然嫌がって逃げる。猫もいなくなった部屋で私はぽつねんとカレーを食べる。

しかし自分の食生活について、人から感想を言われないというのは気楽な部分もある。気楽どころか相当いい。何を食べてもいいのである。高級骨付きもも肉をグリルで焼いてかぶりつこうが、ボウルいっぱいのイクラを食べようが自由である。自由であるがそれがご馳走であればあるほどやっぱり一人では虚（むな）しいし、そんなことを続けていたら体重とコレステロールがえらいことになってしまう。

私がひっそりと食べ続けているのは肉でも海産物でもなくて、果物である。特に桃。スーパーに適正価格で出回ったら毎日食べる。桃はどんなにハイシーズンでも安くはない。箱買いすれば一個百円を切ることもあるが、買いだめしては傷んでしまうところが桃の刹那的な魅力だ。砂糖漬けとかジュースにしてしまったら、私は桃として認定しない。買ってきて二日以内に剥いて食べてこそ桃。硬くてしゃりしゃりしているのも、熟れすぎて持っただけで指の形にへこんでしまうのもそれはそれで味わいだ。ひと夏に私は桃にいくら使うかわからない。スーパーの棚から桃が消えたとき、やっと私の夏が終わって秋がくる。梨や葡萄を買ってみるが桃ほどは燃えない。

冬は林檎と蜜柑で過ごす。しかしなんだか「いけない感じ」がしないのは日持ちがするからだろうか。買ってきてすぐに食べないといけないようなものが、味覚的官能を呼ぶのだろうか。

冷たい冬を越え、やがてスーパーの棚に苺が現れると、私は目に痛いその赤に吸い込まれそうになる。一パック四百五十円を切るまで買ってはいけない。しかし切ったら最後、私は毎日苺を買う。夫は知らない。妻が来る日も来る日も苺を一パック買い続けていることを。苺が終わったらさくらんぼがやってきて、また桃の季節がめぐってくる。この散財ぶりを夫に気がつかれてはならない。

魅惑の外食　「おいしい」を共有したい

三食自分で作り、それを一人でぼそぼそ食べるのが私の日常だ。なので時折外食すると、びっくりするほどおいしく感じる。特に出版社の方がご馳走してくださるものは、あまりのおいしさに罰があたりそうな気がする程だ。文芸編集者というのは日夜作家においしいものを食べさせるのが重要な仕事のようだし、彼らは仕事を離れても食いしん坊のようだ。

そういう人達に連れていかれたお店で口にするものは、いちいち「なにこれ！」と大声で叫びたいほど美味である。お上品な店で大声を出すわけにはいかないので、私は心の中だけで「この魚なんなの？　青魚ってこんなにおいしいっけ？　なにこれ！ただのつけ合わせの根生姜なのにどうしてこんなにうまいの！」と大騒ぎしているのだ。そういうとき私は人々の会話から外れて、黙々と咀嚼している。私の難しい顔に気がついたお店の人が「お味はいかがですか？」と心配そうに聞いてきたこともある。おいしいと眉間に皺が寄ってしまうんです、すみません。

そんな高級な店でなくても、地味な食生活の私には外で食べるものはたいていおいしく感じる。辛ければ辛いほど、甘ければ甘いほど、舌がじーんとする。特に甘いものを食べると恍惚となる。辛いものは自分でも作るけれど、砂糖を使った料理をほとんど作らないからだ。いまはなんでも「甘さ控えめ」みたいなのが流行りのようだが、デザートが甘くなくてどうする。甘いものはちゃんとこってり甘くしてほしい。

外でおいしいものを食べると、そのお店に一人で来てみようといつも思う。一人で来て、食べている最中誰にも話しかけられない状態で思う存分味わいたいと思う。お店のカードをもらってランチをやっているかどうか確認したりもする。でも現実に行ったことはない。朝起きるとやっぱり億劫になってしまうからだ。一人で外食するということは私には楽しいことではないのかもしれない。おいしいものを食べたら「おいしいね」と口に出したいのだ。親しい人と楽しい食事の時間を過ごすため、そのときカロリーとか塩分とか余計なことを考えないでいいように、私は地味な自炊生活を繰り返す。

さっき、作りすぎたおでんを今日も食べなきゃなと思って台所へ行き、賞味期限が切れそうなしゅうまいをおでんに放りこんで食べてみたら案外いけた。ああ、でもなんか目に美しいものが食べたい。友達を誘っておいしいものを食べに行こう。

感受性の蓋

『文芸あねもね』のことを私が知ったのは、四月の下旬、宮木(みやぎ)あや子(こ)さんがツイッターに書きこんだ告知だった。

東日本大震災の復興支援として同人誌を作り、売り上げを義援金として寄付するという内容を読んで、「私も参加したいです」と反射的に宮木さんへメールを打ったのだった。彼女からすぐ返信がきて、同人誌の中心メンバーは「女による女のためのR-18文学賞」受賞者だと聞き、しまったと思った。私はその賞の選考委員を務めた人間だったので、それでは雰囲気も変わってしまうだろう、軽率なメールを出してしまったと後悔した。

あとで聞いた話だが、私の参加を認めるか、認めるとしたらどんな形にするか、彼女達は秘密の掲示板で一昼夜話し合ったそうだ。その結果、年の離れた私だが、彼女達に暖かく迎え入れてもらえることになった。

このエッセイを書いているのは、あの地震の日から四ヵ月弱の七月の初旬である。私はまだ、震災のことをどう語ったらいいかわからない。消化するどころか、まったく噛み砕けない状態だ。

私は三月十一日の地震発生時、東京の自宅に一人でいた。東京湾の運河沿いに建つマンションなので、津波がこないという保証はなく、同じ階の住民に避難の準備をしておいたほうがいいと言われた。うちには猫が一匹いて、どうやって連れだそうか途方に暮れた。

夜になって、高齢で持病を持つ父が新宿で帰宅困難者になっていることがわかって肝を冷やした。迎えに行く手段がどう考えてもなかった。結局津波もこなかったし、父は深夜動きはじめた地下鉄でなんとか戻って来た。その後、うちは輪番停電の区域にも入らなかったし、私は自宅仕事なので恐い思いをしながら通勤しなくても済んだ。なのに、私は恥ずかしいほど打ちのめされた。

テレビの画面に映し出される、あまりにも理不尽で無慈悲な現実を、何もできずに見ているしかなかった。テレビカメラが映さない光景を想像しないではいられなかった。情報を求めて読んだツイッターは荒れ狂っていた。飢えと寒さを訴える小さな避難所の叫びや、放射能への恐怖や、政府に対する怒声が渦巻いていた。

そんな中、私は何か言いたくても何も言えず、「いまは感受性に蓋（ふた）をする」と書きこんだ。そうしなければ平静が保てなかったのだ。平静になって生活すること、日常を取り戻すこと。家族とご飯を食べること、友人と会って話して、冗談を言って笑いあったりすること。

まずそれをしなければと思った。震災後すぐにチャリティ企画に誘って頂いたこともあったが、それは悩んだ末にお断りしてしまった。その時はまだ自分のお金を募金に回すことと救援物資を送ることに労を費やしていたかった。それ以上のことを考えるのが恐かった。

そろそろ自分の日常を取り戻してきて、気持ちが安定してきた頃、私はコンビニで写真週刊誌を恐る恐る手に取った。目に入ったのは衝撃的な光景だった。見渡す限りの色を失くした瓦礫（がれき）の山、やせ細った瀕死（ひんし）の牛、毛布をかけられたご遺体の裸足（はだし）の爪先（つまさき）。私はぎゅっと閉じていた蓋があっけなく開いたことを感じた。これからも永遠に震災前の日常を取り戻せない方が数万人、いや数十万人いるのだ。恵まれた立場にいる人間が泣いてはいけないと堪（こら）えてきたが、その時だけ私は植込みの陰にしゃがみこんで吐くようにして泣いた。

私はいまだに迷いの中にいる。言い訳の中にいる。何故東北に行けないのだろう。

何故もっと人助けができないのだろう。後ろめたい気持ちを抱えたまま日常をこなしている。チャリティ同人誌に参加してもその思いを拭い去ることはできないと思う。それでも、今回のこの企画を私は精一杯やるつもりだ。少しでも多くの義援金を集め、送りたいと思っている。

この企画を思いつき、実行に移してくれた若い新進作家達に感謝したい。

「二番目に高い山」

山王山（さんのうざん）という山のことは、横浜の人でも知っている人はほとんどいないかもしれない。いや、そんな名前の山があったという私自身の記憶も今となっては曖昧（あいまい）だ。山王台（さんのうだい）という地名ならば、横浜市の南区やその周辺にゆかりのある方ならご存知だろう。山王台は昭和三十年代に山王山の斜面を切り崩して造成した碁盤の目状の大きな住宅地だ。

私がまだ小学校の低学年だった頃、山王山という山は横浜市で二番目に高い山だと教えてくれたのはふたつ年上の兄だった。一番高い山は金沢（かなざわ）区にある大丸山（おおまるやま）でこちらは有名だけれど、山王山は周辺の住民でさえただの丘としか思っていない。でも標高からいうと立派に山なんだよと兄は言った。ほらこれを見てごらんと言って渡された南区の地図には、確かに山頂を示す黒三角のマークに「山王山」という名が添えられていた。家の前から見える、大きな鉄塔が三本立つ丘がちゃんとした山だと思うとちょっと興奮した。

しかし今となってはその話の信憑性がどのくらいのものだったのかわからない。この原稿を書くにあたって様々な地図を見てみたが、もうどこにも山王山という名前も黒い三角マークも見つけることができない。インターネット上にあった空撮された写真を見ると、かつて木々に覆われ鬱蒼としていたはずだった部分にも道路と住宅地が進出していて、もうどこがてっぺんだったかまったくわからない。

私は物心がついた頃から三十三歳まで（途中で数年川崎市に住んではいたが）、この山王台の実家で暮らしていた。子供の頃の私は活発で、友達と山で遊ぶのが何よりも楽しみだった。男の子達に混ざってカマキリだの蛇だのザリガニだの捕まえた。毎日服が泥だらけになって、いくら洗濯しても追いつかないと母親に呆れられた。

しかし中学生になる頃には私はあまり山へ行かなくなった。そのうちだんだんと空き地も藪も姿を消し、道路は舗装され、急な斜面にも張りつくようにマンションが建ったり、ゴルフ練習場ができたりした。まるで鉄塔を棒に見たて、巨人が両手で山崩しをしているかのように山は小さくなっていった。私はいつの間にか大人になって、虫や蛇に触れなくなっていた。

都会で働いて暮らす膨大な数の人間が、仕事から帰って寝て起きて、食べて寛ぐ場所を確保するために、横浜市に限らず日本中の小さな名もない山はいくら切り崩されたのだろう。それが悲しいとかいけないとか単純に嘆いているわけではない。私もその中で生まれて育った。山王山の斜面にはいい思い出ばかりがある。その頃の新興住宅地には人々が将来を明るく見上げる熱気があった。年老いた両親は今もそこで暮らしている。私はときたま帰る。見晴らしがよく空が広い。かつての活気は色あせたが、すっかり穏やかで枯れていて静かな町になった。もう変化しないでいいのだという安心感が故郷の町を覆っている。

一週間で痩せなきゃ日記

断食合宿に行きませんか、とお誘いを受けたとき、私は迷うようなそぶりを見せながらも実は「ついにきた」と武者震いをするような思いだった。病気のせいにする気は毛頭ないけれど、小説の仕事を休んでいたこの数年の間に体重が自己最高記録をマークしてしまい、そこから徐々に落としてはいるものの、なんというか決め手に欠けていたのである。これを機会に一気に体重を戻したる、と鼻息荒く依頼を引き受けた。

断食合宿へ行く直前、仕事でとあるパーティーに顔を出したら、会う人会う人が「断食しに行くんだって？　いいなあ、うらやましいなあ」と話しかけてきたのでちょっと驚いた。あっという間に話が広まっている。しかも痩せている人まで興味津々なのだ。確かにダイエット法というのは巷に出回りつくし、腹八分目にきちんと食べて間食を控え、軽い運動を続けるのが一番よろしい、という知識はゆきわたっている。だが、その簡単なことができないからみんな困っているわけで、だから断食という荒療治に何かしらの期待がかかるのかもしれない。私も断食を体験することで、このたるんだ体と心に喝が入るよう祈るような気持ちだった。

四月十日（一日目）

今回の断食合宿の地は淡路島（あわじしま）である。日本で唯一の医学的断食療法（ファーステ ィング）の公的専門施設で、その名も健康道場である。最近はリゾート型のファーステ ィング施設が各地にできているようだが、そこは「道場」である。響きだけでも褌（ふんどし）を引き締めたい思いがする。リゾート型プチ断食ではなく、がっつり一週間、道場で断食だ。同行者は編集者のYさんとK君。二人ともいい具合にぽっちゃりしていて大変よろしい。スリムな人はお断りだ。痩せている人間は本気で痩せたい私に近寄るな。

東京から行くとその道場は大変遠く感じた。新幹線三時間とバス一時間強。降りたバス停に道場の人が迎えに来てくれてマイクロバスで丘の上の施設に連れて行かれる。瀬戸内海（せとないかい）も田園風景もそれはそれは綺麗（きれい）だったが、目のくらむような田舎で、抜け出して買い食いに行けそうな店はもちろん民家も見当たらない。マイクロバスに乗り合わせたOL風の女性は二度目の入所だと言っていた。不安で顔が白くなっている私に「大丈夫よ」と笑顔で請け合ってくれた。どうやらリピーター率の高い施設らしい。

道場の建物は年季が入ってはいたが想像していたより大きく清潔な印象で、昔のサナトリウムという感じ。サナトリウムに肥えた人はいなかっただろうけど。

受付作業、部屋割りがなされ、健康診断へ。かなり本格的な医療チェックで、心電図、触診、問診、体重測定、採血など。私が一年以内に胸のレントゲンを撮っていないことを申告したら、丘の中腹にある総合病院で撮ってくるよう指示される。急坂を下ったところにある病院は新しくて大きくてピカピカで、地域の人も沢山受診に来ていた。そこで目ざとくソフトドリンクと菓子の自動販売機を見つけたが、その坂を下ることは出所まで厳禁だった。

その後入所した人に向けたオリエンテーションが行われる。私たちを含め全部で七名（うち男性二名）。かなりヤバめに太ったおばさまが一人いたが、あとはみんな一見普通の体型。これから出所まで体重はもちろんのこと、血圧や尿検査結果や摂った水分量まで全部自分で把握して表に書き込まなければならない。結構いろいろあっていっぺんには覚えきれないほど。それもセルフコントロール能力を身につけるためだそうだ。様々な講義もあり自由参加だが、出所後にリバウンドしないためにも出席することを勧められる。

あっという間に夕食の時間がきて、最初のファースティングジュースを飲む。これから三日はこのジュースしか栄養を摂れない。パンチのないミルクセーキのようなものをストローでいじましくちゅうちゅう飲む。一日二リットル以上の水分を必ず摂るように言われたので（カフェイン禁止なので水、お湯、麦茶しかない）口ざみしくてそのお茶をがぶがぶ飲んだ。まだ空腹感はなし。もちろん禁酒禁煙である。酒も煙草もやめておいてよかったと心から思った。十時消灯。

四月十一日（二日目）

朝六時半に起きる。自分の家でないとうまく寝付けないので睡眠不足である。激しく眠いが、体重測定、尿検査、体温測定、血圧測定と朝食までにやらなくてはならないことが沢山ある。尿ケトン値というのをはじめて自分で計った。これでファーステイングの進行具合がわかるので重要なのだそうだ。

私は微妙に体重が増えていてびっくりする。食べてないのに何故増える？　K君はもう二キロ以上体重が落ちたと嬉しそうだ。そして朝から下剤を飲むよう指示された。おいおい、断食すると自然と宿便がどんどん出るんじゃないのか。それは都市伝説だったのか。

朝食のジュースはからっぽの胃に染み渡っておいしく感じた。一杯一〇〇キロカロリーを一日三回だけである。中身は低脂肪乳とプレーンヨーグルトとビタミン剤、それにバナナかパイナップルをミックスするそうだ。

　食堂に集まった人数は二十人くらい。改めて見渡してみて意外に思ったのが、明らかに太りすぎな人が数えるほどしかいないこと。そしてかなり痩せている若い女性がたくさんいるのだ。娘さんたちに「その体のどこに不満がござる？」と聞いて回りたいほどだ。一人参加の人がほとんどで、全体的に静かである。普段やかましい私たちも声を潜める、というかだんだん元気がなくなってきて小声になっている。そういえば長話をしてはいけないと案内書に書いてあった。疲れるし、人間関係のいざこざが起こると休暇にならないからだそうだ。関係ないけれど私が鬱で入っていた病院もそういう規則があったらどんなに心穏やかに過ごせただろうと感慨に浸った。

　朝食後、体操と呼吸法のクラスがあるので参加してみた。これ以外の運動は禁止である。体操はゆっくりした動きの太極拳と気功のミックスされたようなもの。そのあと丹田呼吸法の入門。まあ腹式呼吸です。

　そのあとすぐ道場長（院長先生）の回診で、触診と問診。きちんと診てくださって嬉しい。昨日の血液検査の結果、γ－ＧＴＰと中性脂肪値が高いと言われる。ええ知ってます。

空腹感はそれほどでもないが、倦怠感と眠気に襲われベッドへ。本を読んでいるうちに眠ってしまい、あっという間に昼食の時間。ジュースがさらに染み渡る。午後に性格分析の講義があったが、正直言って得るもの何もなし。さらに眠くなっただけだった。部屋で倒れていたら午後の回診で起こされる。

このあたりで急に体がつらくなってきた。お腹が空いているというより、くらくらする。いやお腹が空きすぎてくらくらしているのか。気を紛らわせようと三人で道場のまわりを散歩した。桜は満開で田園風景が素晴らしく美しい。いい土地だなあと素直に思った。でも動いたら胃も動いたのか余計お腹が減った気が。話題がだんだん食べ物の話に偏っていく。食べたい物の単語をただ羅列してはみんな溜め息をついた。

夜に向けてどんどん具合が悪くなってきた。だるくて本に集中できなくなり、漫画に切り替える。漫画も持ってきてよかった。

四月十二日（三日目）

ぐっすり眠って起きる。でもまだ眠り足りない。体重はたった〇・三キロしか減っていなかった。朝食に行くと、だるだるな私とK君をよそに、Yさんだけが非常に元気。お酒を抜き、いつもより睡眠を沢山とっているのですっきりしているとのこと。

食後、心電図と触診と問診。「あれ？　体重減ってないね」と先生に不思議がられ、「少しのカロリーでも生きていける省エネ体質なのかもしれない」と言われる。軽くショック。もし本当にそうなら人の半分くらいしか食べちゃいけないのかもと暗くなる。

今日も部屋で本を読んでいるうちに、ものすごくつらくなって気を失った。大切な食事（といってもジュース）の時間も忘れてYさんに起こされる。ものすごい寝汗。悪夢を見ていたようだ。K君が先生に聞いたところ、激しく眠いのは血糖値が下がっているからだそう。

午後は昨日と同じように簡単な散歩で気を紛らわせる。部屋に帰って一人になったとたん、爆発的な空腹に襲われる。だるくて眠いとは感じていたが、何か食べたい、と痛烈に感じたのはこの瞬間だった。つらい。約四十八時間ジュースとお茶しか飲んでいない事実から頭が離れない。他に何も考えられず頭がまっしろ。空腹から逃避するように本と漫画をむさぼり読んだ。

やっと夕飯のジュースの時間。食堂では回復食やらベジタリアンコースの人やら、主食とおかずを食べている人も多くつい目がいってしまう。焼き魚の香ばしい匂いが鼻をくすぐり、苺（いちご）の赤が目に痛い。足がふらついて階段がつらい。

入所してから化粧もしてないし髪も洗いっぱなしで、ぼろぼろになってきた。でも道場中の人が毎日ジャージでごろごろしているので気にはならないが。夜、少し体が楽になったような気がした。断食を続けていくうちに急に楽になると聞いていたがそれが来たのだろうかと嬉しくなる。

四月十三日（四日目）

アラームでやっとのこと起きる。断食とは関係ないが毎日同じ時間に起きることが、勤め人でない私にとって既に大変である。そのへんの鈍さというか甘さが身にしみる。

体重は入所時より一・六キロ減っていた。健康女王のYさんもさすがに具合が悪くなってきたと言っていたが、朝食ジュースを飲んだらすぐ元気になっていた。基礎体力というか生き物としての力強さに畏れ入る。私とK君は午前中いっぱい気絶していた。

この日の昼食ジュースが最後のジュースで、夕方からは回復食がはじまる。ちなみにこの道場では断食した日数と同じだけ回復食に時間をかけていて、途中では決して出してくれないのだ。なるほどこの状態で急に下界へ下りたら危ない感じはする。

日課となった散歩のあと部屋に戻ると、目眩がしてベッドに倒れる。昨日の空腹感の比ではない猛烈な飢餓感が押し寄せてきた。夕食まであと少しだと自分に言い聞かせて何か読もうとするが、胃がきりきりするような感じで丸まって唸(うな)っているしかなかった。

やっと時間になり食堂へ。五分粥(ごぶがゆ)だと聞いていたので期待していなかったのに、お粥の他に焼き魚、切り干し大根、青菜のおひたし、梨というメニューで、ずいぶん盛りもいい。醬油(しょうゆ)の匂いに感激しつつ食べはじめる。箸(はし)を持つのが嬉しい。ご機嫌で食べ進んでいくと、なんだか途中で胃が重くなってきた。あんなに空腹だったのに全部食べきれず残す。K君だけが完食しみるみるうちに生気を取り戻していた。目に輝きが戻り声に張りが出て動きまで俊敏になっている。B級系美食派の彼から食べ物を取り上げるのは大変に酷だったようだ。

満腹になり部屋で横になる。大したカロリーではないはずだが、こんなお腹いっぱいでは明日は体重が減っていない予感がした。やっと余裕ができて、壁にあった張り紙に気が付いた。〈リバウンドしないためのみっつの方法は、自分でがんばる、再入所する、根本療法をすること〉と書いてある。自分でがんばるとは、また身も蓋(ふた)もないことを。

四月十四日（五日目）

もはや生活はマンネリ化している。いつもの時間にしぶしぶ起きて体重など計る。合計で一・八キロ減。

朝食はパンと牛乳と果物だけだったが、それでも全部食べきれずに残してしまう。しかし、こんなふうに胃が小さくなっているのも今だけで、普段の生活に戻れば元の木阿弥（もくあみ）なのだろうなと醒（さ）めた感じで思った。

午後、栄養講座というのに大した期待もなく出てみたらそれが一番ためになった。八〇キロカロリーを一単位として一日のカロリー計算をする方法をざっと教わる。私はずいぶん昔に本気でダイエットしたとき、この方法を独学でやったことがあったので復習になってよかった。その講座で何より印象深かったのは、調理場を仕切っているらしい栄養士のおばちゃんがさらっと言った「絶食して体重が減ったゆうても水分出ただけやからね。帰ってからちゃんとせえへんと。カロリー計算なんか面倒なことせんでも体重を毎朝計ればええの。食べ過ぎれば増える。増えたら食べるもんを減らす。簡単なことよ」という当たり前すぎる発言だった。性格分析とかいうスピリチュアルなお話より大きな説得力があった。

私が一番聞きたかったのは、おばちゃんがさばさば言ったこの台詞（せりふ）だったんだと思う。断食したら何かしら未知のものがつかめるかもしれないと幻想を持ってきたけれど、心の底ではわかっていたのだ。ちょっと断食したくらいで急に痩（や）せるわけがないことは。

四月十五日（六日目）

今日は三食とも常食（合計一二〇〇キロカロリー）だったので、体になんの変調もなし。まったく普段通りに頭も働く。頭が働くということは帰ってからの仕事も気になるわけで、休みも終わりだなあという気分。そこではっと気がついた。断食をすることで、内臓だけでなく頭のほうもすっかり休んでいたのだったと。仕事のことも家族のことも、化粧やら服装やら冷蔵庫の中身やら、とにかく日常の雑事から解放されていたことに改めて気づかされた。

外出許可が出たので、道場の事務のおばちゃんが運転してくれるマイクロバスで海辺に行った。地元の饅頭（まんじゆう）屋と玉葱（たまねぎ）屋に連れて行かれここでお土産を買うよう強く勧められ地元の癒着をひしひしと感じた。ああ、日常生活が現実を連れてやってくる。もうハラペコではないので、出所したら何を食べようかという話にもいまひとつ熱が入らなかった。

四月十六日（七日目）

昨日ちゃんとした食事をしたので体重はやや増加して、結局一週間でマイナス一・七キロ。Yさんと K 君は三、四キロ減ったようなので、あまり体重が落ちなかったのはたぶん私の基礎代謝に問題があるのだと思われる。

朝早くに慌ただしく出所して、十時半には三ノ宮着。そして喫茶店に飛び込んで、一週間我慢していたコーヒーとケーキを頼みまくる。普通の喫茶店で三人の合計金額が約七六〇〇円。どれだけお代わりしたのか。そのあと京都に寄り、打ち上げを兼ねてすき焼き屋で昼食。東京へ戻って、夕食は夫と寿司屋へ行った。胃が小さくなってちょっとしか食べられないかと思ったのに意外と食べられた。と思ったらあとでお腹が死ぬほど苦しくなり、その夜はまったく寝付かれず。自分という人間の愚かさに呆れつつ明け方やっと眠りに落ちた。

さて後日談。結論から書くと断食から戻ったあと、私はさらに一キロ体重が落ちた。ゴールデンウィークにバリ島へ一週間行き、そこで大きくリバウンドしてしまったのだが、軽く食事制限をしたら三日間ですんなり戻った。運動は特にしなかったのだが、いやに体調がいいので久しぶりに家の大掃除をした。部屋中を雑巾がけしたら大汗をかいて、翌日一気に体重が落ちたのだ。

何が自分の体に起こったのか正確にはわからないが、断食後明らかに疲れにくくなっていて、そうなると自然に以前より活動量が増え、昼間よく動くので夜ちゃんと眠れるという良いサイクルが繰り返されるようになった。

今思えば断食道場での一週間で会得したことは、痩せ方ではなく休み方だった気がする。頭の中をからっぽにすることが下手で、何をしていても同時並行的に様々なことをぐるぐる考えてしまう癖が私にはあり、遊んでいても仕事のことを、眠ろうと目を閉じたら翌日の予定を、ご馳走を食べていても体重のことを常に気にして苛々していた。それが完全になくなったわけではないけれど「一度からっぽにする気持ちよさ」というのをはじめて知った気がする。苛々が減ってストレスが減って、何かするとき集中できるから口寂しいという感覚が減って、余計なものを食べなくなった。思わぬ変化がじわじわと体にゆきわたっているのを感じている（ちなみにYさんもK君もリバウンドしていない）。

それでもやはり、たくさん食べるのにスリムな人を目の当たりにしたり、雑誌や本で見事ダイエットに成功した有名人を見たりすると、痛いほど気持ちをかき乱される。痩せなくちゃ痩せなくちゃ痩せなくちゃ、と頭の中にわんわんと大きな声が響き渡って心臓がいやなリズムを打ちはじめるのだ。私は深呼吸して、焦るな焦るなとモンスターのようなそれを宥めなくてはならない。

みんな痩せなくっちゃ病に冒されていてちょっと変だよ、でもそう言っていいのは痩せている人だけでデブが言ったら負け惜しみらしい。いったいBMI数値がいくつなら、体重を気にしておいしい物を我慢するのはくだらないことだと発言してもいいのだろう。

そういうことを考えるのに疲れたら、私はまた道場へ休みに行くかもしれない。あそこは本当に余計なことを何も考えなくていい場所だった。よく休める場所だった。

普通でない温泉旅

先日、女四人で二泊三日の温泉旅行へ行ってきた。

こう書くとわりと普通のことのような響きだけれど、実際は普通と言ってしまうにはちょっと語弊がある。女同士で集まった時に「温泉でも行きたいねー」「いいねいいね」「行こう行こう」という話が出ることはよくあることだが、それが本当になることはまれである。

正直言ってよく実現したなあと思う。いや、本当は五人で行く予定だったのだが、ひとりが体調を崩してどうしても参加できなかったので、完璧(かんぺき)に実現したとは言えなかった。その方は女同士で温泉旅行に行くことなど二十年ぶりだったそうで、本当に可哀想でお気の毒だった。

何しろこの五人が住んでいる場所が、北海道、山形県、福井県、長野県、神奈川県とばらばらで、それだけでも一堂に会するのは難しかった。全員仕事を持ち、お子さんを持っている人はふたりいる。親もそれなりに高齢だ。とにかく不測の事態が起こる可能性はありすぎるほどあった。実際、出発の日の朝、車を出して下さる方のお子さんが水疱瘡にかかったことが判明し、あわやという事態だった。予防注射をしていたので発熱もなく軽い症状で済み、旦那様とお母様が面倒をみてくださることになって、彼女は待ち合わせの時間ぎりぎりに現れた。でも、旅の間、常に頭のどこかに心配が張りついていたに違いない。

　こうなるとたかが二泊三日の温泉旅行も、呑気な旅という風情ではない。中年の女同士のグループ旅行というのは、かなり積極的に〝なんとかして〟行くものだったのだ。

　まず旅の前段階として日程調整から簡単にはいかなかった。全員が揃って三日連続の休みを取ることができるのは四ヵ月も先ということが判明した。三日間というが、仕事を休み、家をあけ、飛行機や新幹線に長時間乗って現地に向かうわけで、旅行の前後は相当なしわ寄せがくることになる。ありとあらゆることをこの三日間に向けて段取っていかねばならなかった。

　日程が決まったあとは大まかに行程を決め、宿を押さえることになった。宿考え係に立候補してくれた方がインターネットで宿を調べまくって下さったのだが、膨大にある候補宿のホームページを見て、「あらま～素敵」とうっとりする宿はやっぱりものすごく高いのである。お金が湯水のように余っているなら宿選びも簡単だが、もちろんそうはいかない。そこそこのお値段でそこそこ良さそうな宿を見つけるべく吟味に吟味を重ねた。

　やっと私達は万障繰り合わせて集合し、無事に二泊三日の温泉旅行を敢行した。

　定番の観光地を回って記念写真を撮り、温泉に入ってビールを飲んで、誰かが持ってきたシートマスクを顔に貼りつけ、浴衣のまま寝転がってテレビを観て、今時のアイドルの歌を歌ったり踊ったりした。夜は遅くまでお喋(しゃべ)りするつもりだったが、みんな疲れて案外早く寝てしまった。朝風呂(あさぶろ)に入ってまた観光をして、夜は豪華なご飯にお酒、宿に勧められるままエステのコースを受けてみた。

　外からは、よくあるおばさん同士の温泉旅行に見えたと思うし、実際そうである。

　旅から帰って、それぞれメールで送り合った膨大な枚数の写真を見た。藍色(あいいろ)の海と水色の空、揃いの赤い浴衣、シートマスクを貼った真っ白な顔。夥(おびただ)しい数の笑顔。その非日常ぶりはめまいを覚えるほどだった。

　若い時は二泊三日の旅行へ行くことなど普通のことだった。旅の時間は日常ともっと地続きだった。私は年を重ねるにつれ、万障を繰り合わせるのは仕事と家庭のことだけになっていた。それだけでいっぱいいっぱいだった。

本当に行ってよかった。仕事でもない家庭でもない場所へまた行こうと思う。そこで一日中弾(はじ)けるように笑いたい。

ご破算で願いましては――

スケジュール帳を新しくするのはとても清々（すがすが）しい。まだ何も予定の書かれていないまっさらなスケジュール帳を眺めるのがとても好きで、私は新年だけではなくて半年に一度くらい、どうかすると三、四ヵ月に一度の割合で新しいものに変えている。

私が今使っているスケジュール帳は既成のものではなくてただの薄いノートだ。小学生用の、算数や音楽や絵日記などの用途に分かれている定番のものである。その国語用のノートに定規で線を引いて日付を書きこんで使っている。他のメーカーのものも試してみたのだが、結局このノートがどこにでも売っていて安くて丈夫で気に入っている。特徴のあるカバーは他の書類に紛れないし、打ち合わせでノートを取り出すと、大抵の人が「懐かしい！」と笑顔になるのもいい。

私がスケジュールを書くための手帳を初めて自分で買ったのは高校二年生の時だ。文房具屋で見つけたそれは、薄くて小さくて、光沢のあるグレーのカバーがかかっていた。その頃私は好きな歌手のコンサートに友人とではなく一人で行くことを覚え、その予定を書きこみたくて手帳を買ったのだ。何カ月も先のコンサートの予定を書くと、あまりの嬉しさに恍惚としたのをよく覚えている。

それから手帳は大切なパートナーとなった。予定だけではなくて、簡単な日記や大好きな漫画の発売日や、小遣いの収支もそこにつけた。学校帰りに友人達と別れ、一人で電車を待つ時などに、私は手帳を広げて先の予定を眺め、その日にあったことを小さい字でぎっちりと書きつけた。今の人たちが携帯を見るような感覚で、手持無沙汰になると手帳を開いたのだった。進学し、就職し、この仕事に就いてもその習慣は長く続いた。

しかしその習慣がある時期に一気に崩れた。作家としての仕事が急に忙しくなった頃だ。予定や検討事項が激増し、小さい手帳ではとても書ききれず、スケジュール帳を大判のものに変えた。日記は専用の日記帳に書くことにし、帳簿はパソコンの会計ソフトを使いはじめた。そしていつしか、予定や日記や帳簿をつけることがちっとも楽しいことではなくなっていた。

嵐の時代が過ぎ去って、私はここ数年で落ち着きを取り戻した。平穏な毎日が戻って、また以前のようにスケジュールと日記を一緒にした手帳をつけはじめようとしたのだが、なんだか昔のように楽しくなかった。そして一番びっくりしたことは、老眼が進んで、昔使っていたサイズの手帳では、何か書きこむこともそれを読むことも、目を細めて眉間（みけん）にぎゅっと力を入れなくてはならないことだった。

その頃ちょうど自宅の引っ越しがあったので、私は仕舞ってあった過去の手帳を久しぶりに手に取った。高校生の時からの何十冊にも及ぶ手帳は、いつか仕事のアイディアに困ったらそこから探そうと思っていたし、仕事に使わなくても老後に読んだら楽しいだろうと思って大切にとってあったのだが、いざ開いてみるとそれほど読み返したいというものでもなかった。第一、老眼でちかちかするのだ。

どっさりある昔の手帳は、どれもその時に選びに選んだお気に入りのものばかりだ。いつも鞄（かばん）に入れてどこへでも持って行った。相棒と言っていい存在だった。手にすると甘やかな懐かしさがこみ上げるし、これだけの日々を確実に送ってきたのだなという感慨も大きかった。

でも何故か、もう処分してもいいなという気になった。

決してやけっぱちだとか、過去から脱したいという気持ちからではない。

昔の手帳を処分した時に思い浮かんだのは「ご破算で願いましては」というそろばんの文句だった。珠（たま）を払って零（ゼロ）の状態にし、新しい計算に移るときのあの文言だ。昔のスケジュール帳というのは、膨大な、忘れてはいけなかった約束の記録だ。でももう、忘れていいことはすっきり忘れていいのかもしれないと私は思った。昔の手帳を捨てたくらいでは何もご破算にはならないし、過去を白紙には戻せない。だからこそ記録は捨ててもいいと思ったのかもしれない。

　私は今、薄くて軽くてどこにでも売っているノートに、予定やメモや仕事のアイディアなど、何でも気が付いたことを大きく書きこんでいる。もう十冊近く溜(た)まってきたけれど、あまり見返すこともない。ずっしり持ち重りがしてきたらまた処分するつもりだ。季節が変わるたびにまっさらなノートを買ってきて、定規で線を引く。その時間を今とても心安らかに感じる。

憧れと共感――

子供の頃、私は少女漫画の虜だった。小学校低学年の時に「りぼん」を買ってもらったのがきっかけだ。全部のページが面白くて楽しくて、それまで与えられていた本や雑誌が吹っ飛んだ。「りぼん」、「別冊マーガレット」、「花とゆめ」、「ＬａＬａ」、「ぶ～け」を発売日に買っていたのでお小遣いはそれでほぼ全滅だった。

　少女漫画という偏った世界からではあったが、様々な職業、様々な価値観、様々な生き方を私は知った。「小説家」という職業がどんなものかも漫画で知った。高橋亮子さんが描いた『道子』という作品からだ。

　主人公は高校三年の、成績優秀でテニスが上手いイケメンの男の子である。学年一の美人で才女の恋人もいる。何でも人並み以上に出来るし女子にはモテるのに、彼は常に得体の知れないもやもやを抱えていた。ある日彼は道子と出会う。彼女は新人の小説家で、一人暮らしをしているうちに体調を崩し、親戚である彼の家に療養にやってきたのだ。

道子は彼が知っている「女」とは全然違う。がりがりに瘦せており、ショートカットで眼鏡をかけている。どこかぼうっとしていて、女特有のきんきんしたところがまるでない。彼の恋人は道子に初めて会った時、少し話しただけで「なんだかいやだわ」と独りごちた。

道子は身を削るようにして作品を書いている。女らしくする必要など微塵もない。彼はどんどん道子に惹かれ、恋人が色あせて見え、あっさり別れを告げる。寝食を忘れて作品作りに打ち込む道子が倒れた時、彼は一晩中介抱しながら「彼女はもうそんなに長くは生きないだろうと悲しいでもなくふとそう思った」りする。一方、迷いのなさそうな道子自身も、実は好きな小説を書くことと小説家として商業的に活躍することとに矛盾を感じ苦しんでいる。

やがて彼女は有名な文学賞を受賞し、彼女の狭いアパートに注文の電話が煩わしいほど鳴り響く。年下の彼は、才能がある人と凡人の自分とは住む世界が違うからと離れていってしまい彼女は呆然と座り込む。

私は雑誌を置いて床をバンバン叩き、「なにこれカッコイイ!」と叫んだ。

私は道子に憧れ、彼女のようになりたいと熱望したが、あらゆる意味でなれなかった。

　この作品を読んでから三十年以上たった今、一番クリアに、シンパシーを持って思い出すのは、あっさりふられた脇役の女の子の「なんだかいやだわ」という台詞なのだった。

残されたつぶやき

2008

7月15日

でびゅー

みくしーデビューは今さらな感がありますが、しばらくやってみたいと思います。

今日のトピックスといえば、念願のアイフォーンを買うつもりが、うっかりプラダフォンを買ってしまったことでしょうか。

絵文字も打てるし、携帯サイトも見られるし、アイフォーンより小さくて軽くて、なかなか見どころのある奴です。

7月16日

ショートアイスタゾチャイティー、ライトシロップ

午前中いっぱい外を歩いていたら、クラクラした。帽子も日傘もサングラスも何も持って出なかったことを後悔した。

頭ががんがんしてきたので、行きと帰りと二度もスタバに入ってしまった。

しょーとあいすたぞちゃいてぃーらいとしろっぷ、と呪文のように呟く夏の日。

7月18日

一人販促三都物語

自分の商品（編注・『アカペラ』のこと）がどんなふうにディスプレイされて売られているか、珍しくとっても気になって、灼熱の東京を歩き回った。

渋谷→新宿→池袋。合計9店。

どうせなら万歩計をつけて歩くんだった。そんくらい歩いた。途中で大雨に降られたが、幸い持っていた日傘でしのいだ。

へろへろになったが嬉しくて楽しいパトロールだった。売れろ売れろ〜。

打ち上げて頂きました

大きな仕事が一段落して仕事先の人と会食、というか、スバラシクこーきゅーなご飯をご馳走(ちそう)になった。

ここのところみっちり会っていたその仕事の人たちとも、今日でとりあえずお別れ。さみしくもあり、すがすがしくもあり。来週からまた他の仕事にもぐっていく。深く潜るぞー。竜宮城を見つけるぞー。

7月19日

アメージングかつサンド

高速道路のサービスエリアは、車の運転ができないわたしにとって、アメージングスポットである。そらもうテンション上がります。

なんかモヤってるものがいっぱい売ってるし、モヤってる人もいっぱいいるし。ほんとうなら2時間も3時間もいて、隅から隅まで探検して、あやしい感じの揚げ物とかいっぱい食べたいのですが、連れてきてもらっているだけのわたしなので、トイレ休憩がせいぜいなところ。車の中では猫様も待ってるし。

今日はおなかがすいたので、車の中で食べる用にカツサンドを買いました。これが激ウマ！　お肉しっとりやらかい！

関越自動車道、上里SA下り限定、かつトースト。

将来の夢は、自力で全国のパーキングエリアを巡ることです。

7月20日

寄せて上げる

ブラジャーの話じゃなくて、ギョーザの話。

恥ずかしながらわたくし、家でギョーザを作ったことがありませんでした。むかーし友達の家で餃子パーティーやったときに、ちょっとだけ手伝ったことがあるだけ。

今日は教えてもらいつつ、雑誌のイラスト付き解説を見つつ、自分のうちで作ってみました。といってもタネは夫が作ったけどね。

タネを入れた皮を水で貼りつけて、端っこを順番に寄せ上げていく。

最初へたくそだったのが、段々コツがつかめてきて、正しい餃子の形に近づいていって、そしたら楽しくなってアドレナリン出まくって夢中になりました。

これは私に向いている。

単純作業で頭からっぽにするのは快感です。枝毛探し。メリヤス編み。ぷちぷちつぶし。歯磨き、眼鏡磨き、携帯磨き。Ｗｉｉ　Ｆｉｔのコロコロ玉入れ。枝豆食べるのとかも止まらないね。

7月21日

思う壺

あなたはレジ手前商品って買うほうですか？

コンビニのレジ横によく、豆大福とかみたらし団子とか置いてあるじゃないですか。あれって、わりと買っちゃうんですよね。

前に後輩と一緒にコンビニ行ったときに、わたしがレジ横にあった、きんつばをホイっと、かごに入れたとき、「なにしてますのん。そんなんコンビニの思う壺やないですか！」と、後輩ちゃんがまくしたてるじゃないですか。レジにいた経営者っぽいおっちゃん、いやーな顔してましたわ。でもまあ、「そうかもな」とも思ったので、最近はやってなかったんですがね。

今日ひさしぶりにやっちゃいました。

アウトレットのバーゲンで、テンション少しおかしくなってたかも。フランフランのレジ横に置いてあった、プリチーなハンドクリーム。

あらかわいい、と思った瞬間、レジのおねえちゃんに渡してました。

日焼け止め成分＋ヒアルロン酸配合。なんかヒアルロン酸って書いてあるだけで、最近思わず手に取る癖が。

家に帰ったら案の定、使いかけのハンドクリームふたっつありましたわ。

だめ人間ですわ。

7月22日

しーん

社交を遮断して、ひとりの作業に入った。夏が終わるまでしーんとして過ごす。

早起きしてご飯つくって、仕事して仕事して仕事して、お昼作って食べて、洗濯して掃除して、仕事して、ストレッチしてＷｉｉ　Ｆｉｔして、お風呂入って、早寝して。

あー落ち着くう。

でも明日はまたちょっと外仕事。

バビューンと新幹線に乗ります。

7月23日

ばびゅーんとな

ばびゅーんと新幹線に乗って、ばびゅーんと日帰り出張してきた。出張先で、気持ちが折れる出来事があった。

よろよろと本屋に入ってみたが、ココロが痛いときに読みたいような本は見あたらなかった。

大音量でロックを聴きながら「週刊新潮」を読んでシュウマイ弁当を食べ、そのことを忘れることにした。

帰ったら猫様がばびゅーーーんと出てきて、母方の祖母が犬なんじゃないかという勢いで尻尾（しっぽ）を振り回してまとわりついてきた。

気持ちを立て直して、明日はまた働こう。

7月24日

目覚まし君寝坊の巻

ただじいいっと黙って仕事をしていた一日。

部屋で座っていただけなのに、汗だくとはこれいかに。プラダ携帯で写真にお絵かきできることを発見。何も知らずに買って、取説もまったく読んでいないので日々明らかになる機能がある。

いまだ分からないのは、アラームのウェイクアップ機能。

電源落として寝たら、目覚ましの時間が過ぎても私と携帯の両者起きられずに寝坊の巻。

7月28日

人の土俵で打ち上げる

午後イチで納品っす。ぎりぎりだったっす。

でもすっきりしたっす。

軽く打ち上げたい気分だったので、先輩夫妻が飲んでるところへ合流っす。先輩夫妻はたいてい毎日、同じ店で夕飯がてら飲んでいるので、会いたいときはそこへ行けばいいので便利っす。何食わぬ顔でつまみをぱくつき、内心打ち上げ気分です。

私はお酒が飲めませんが、飲んでる人と一緒にテンションが上がっていくので酔っぱらいに見えると思うです。

腹いっぱい食べてゲラゲラ笑っているうちに、先輩夫にうっかり奢(おご)られちゃったっす。店特製あんずジャムのお徳用瓶も買ってもらっちゃったっす。帰りはタクシーで送ってもらっちゃったっす。

しあわせすぎてこわい夜っす。

7月29日

猫バカの手をひねる

久しぶりに仕事を休んだので、猫様をたっぷり接待させて頂いた。

まずは、たまーにしかご提供できない「ダヤン缶」をオープン！　これ高いんすよ。

パッケージがダヤンってだけで高いんすよ。

でも買ってしまうの。猫バカだから。あ、でも猫様の食いつきはいいです。たまにしか出さないからかニャ？

ふがふが食べているのをじっと見つめる。あんまり一気に食べるとリバースするので、止めねばならない。


猫様、顔を上げると、ふいとトイレへ。お、食べたら早速もよおしましたか。

よーし、グッドウンピーだ！

そして体が軽くなった猫様は、ウンチングハイで部屋中を駆け回り、飼い主もそれを追い回して二人運動会。お休みの日は楽しいね！

明日も休みだといいね！

7月30日

大人は買うね

今日も休んじゃった。えへ。

月曜日に行ったお店のマスターと意気投合した。

「ほーんと大人になってよかった〜、お酒は飲めるし煙草は吸えるしバイクは乗れるし、好きなだけゲームしていいし〜」

お酒は飲めないし煙草はやめたしバイクは原チャリだしゲームも自粛中だけど。でも私、自由業だから好きなとき休んじゃう！

そして今日は大人買いの日。

いや〜買った買った。目に付いたものバンバン買える幸せよ。

（来月、カード引き落とし明細表がやってくる不幸よ）（来月、休んだ分のしわ寄せがくる恐怖よ）

大人だから知ってます。

7月31日

今夜はノットPC

体力ないので、ときどきものすごい疲労感の波に襲われます。今襲われています。

パソコンが一番いけない。でもパソコンがないと仕事できない。

パソコンで遊ぶからいけない。でもパソコンで遊ぶの楽しいし。
∞
明日は仕事の人たちが、向こうの方から新幹線でババババビューンとやって来る。
逃げられないので、明日に備えて寝るべし。

8月4日

悪い男の誘惑が今日も

週末はパソッチと疎遠になってみた。やっぱり体が楽になった。

月曜なので通常通りパソッチとおつきあいした。

パソッチは誘惑する。

帰ろうとするわたしを「もうちょっといいじゃない」と甘く誘う。

「あなたとはもうあんまり遊ばない方がいいと思うの」とつれなく言っても、

「まあ、そんなこと言わずにもうちょっとクリックしていけよ」

「そうね、じゃあもうちょっとだけ検索しちゃおうかな」

「猫ブログも見てけよ、更新してるぜ」

悪い男よパソッチ。

そしてまた体がガチガチに。

仕事は大してはかどらず。

もういっそノートに鉛筆で書くか。

8月5日

ほうほうのてい

カミナリこわかったですね。

最近猫様はベランダ散歩に凝ってます。

ガラス戸を開けっ放しにすると虫が入ってくるので、いちいち猫様のリクエストにお応(こた)えして網戸を開けてあげてます。

ところが今日、網戸を開けた覚えがないのに、猫様がベランダで鳴きまくってました。

雲行きがあやしくなって洗濯物を取り込んだとき、するりと出たのかも。

ドンピカドッシャーとなっている中、部屋に入れなくて必死の形相の猫様。
もえ～❤
しばらく「いいざま」を眺めてから入れてあげました。キレて柱をガリガリしてました。
仕事は助走段階なので、特筆すべきことなし。

8月6日

ご褒美スイーツ（笑）

今日はちょっと仕事がはかどった。

ご機嫌で買い物しにスーパーへ行ったら、自分にご褒美モード（笑）になってしまい、ハーゲンダッツ購入。うちまで歩いて15分、それじゃ溶けちゃうよ。だからスーパー前のベンチで食べちゃうよ。

はー夢のように美味(うま)いね、ドルチェシリーズ。

ティラミスも相当いいけどミルフィーユは口の中が天国になるね。

うちに帰って一応ネットでカロリーを調べてみる。

堂々300キロカロリー。(╹_╹)

8月7日

本物の酢豚の話

お昼は女5人で仕事ごはんだった。

仕事のことはちょっとだけで、酔っぱらっているような感じでだあだあ喋(しゃべ)った。

今日話したことで予想外にウケた話が「本物の酢豚の話」だ。

これはわたしの前の夫がした発言で「本物の酢豚(うろ覚え。なんか中華の一品)を食べておかないと、うまい酢豚は作れない」というものだ。

もちろんニュアンスは、一流を知らない人間は一流になれないさ、よって俺様は一流だがお前はいつまでも三流だな、まずいんだよ、メシがよ、というものである。

一同爆笑。

本物のスブタってどんなのよ。ご馳走(ちそう)してよ、本物のスブタをよ。スブタってところが間抜けさを醸し出してるよ。

その話を今の夫にしたら、今夫がまったく見知らぬ人の物真似をするのだ。

「すみませんけど、前の夫の物マネやりまーす。本物の酢豚を食べないと本物の酢豚は作れないすー」

そしてまた一同大爆笑。

なんつーかこう、人がうっかり口にした一言って、こうやって知らない人にどんどん伝わっていって、その人を象徴する一言になるんだなという可笑しみと恐ろしさを感じたね。

そいで、あのとき、本物の酢豚の話をされたあの日のわたしは、まずいおかずしか作れなくて夫に食べてもらえなくて、爪がくいこむほどぎゅっと手を握りしめて、でもなんにも言えなくて、抗議することも鼻で笑うこともできなかった。

そんなことも全部、からっと唐揚げになった夏の空色の日。

あんなに痛かった話も、いまは可笑しい。

本日の自炊は、朝10分で作った適当な麻婆豆腐。

8月11日

楽園の決壊

レビューではなく、あえて日記に書きます。

週末ずっと平野啓一郎（ひらのけいいちろう）『決壊（上下）』を指を真っ黒にして読んだ。想像はしていたけれど想像以上の暗黒世界を見てしまった。筆者の筆はそれこそ悪魔のように冴（さ）え渡り、読み始めてしまった者を捕まえて離さないだろう。

作中、被害者の家族が「生きて返して！」とテレビカメラに向かって叫び、対して加害者は「返してって何？　もう死んでるのに意味不明」というような反応をみせる。

読了後、そのエピソードがまず浮かんだ。

本書のために費やした時間を返して！　とまず思ったからだ。作者の技術にひれ伏した自分が恥ずかしくさえあった。

こんな読書体験は生まれて初めてだ。

難解であるが故、理解してみようと努力した。しかし理解できなくていいと思う。

親しい人には絶対勧めない本であり、でも読んだ人と語ってみたい本だった。

8月12日

まわるよまわるよ

久しぶりに車に酔った。

タクシーで千円くらいの距離だったのに、びっくりするくらい酔った。

運転手さんが乱暴だったわけじゃなくて、走っているときに携帯メールを打っただけだ。

中央線の新宿↓中野(なかの)間で酔ったことがあるくらい乗り物には弱くて、動く物の中では何か読んだりしないように気をつけてた。でも最近は歳と共に三半規管も鈍感になってきたのか、新幹線とか、飛行機の中なら読んだり書いたりできたので油断してた。

プラダ携帯にしたのもあるかも。画面が不思議な感じで揺れるから。

うちに帰ってきてちょっと休んでパソコンつけたら、目がぐるぐるまわってリバースしそうになった。こらいかん、と寝転がってテレビ点(つ)けたら、それもぐるぐる回る。

そういえば今朝、久しぶりに早朝に起きてウォーキングしたんだ。その上、ちょっと体重落とそうと思って、ちゃんと食べてなかったんだ。

というわけで、ここまで書いたらまたぐるぐるしてきたので、寝ます。アディオス。

8月14日　ぱんぱんでござるよ

いよいよ仕事がつまってきて、でもまだ日にちに余裕があるうちにと思って食料を買い出しに行きました。普段と変わらずフラットな気持ちで出掛けたら、午前中からスーパー大混雑。

自分がいつも通り仕事してるので、お盆だということすっかり忘れてましたよ。

もうこの仕事に就いて長いのに、毎年お盆休みのこと忘れる。

ニュースで大混乱の東京駅や羽田(はねだ)を見て、なまぬるい笑みを浮かべることは忘れないのに。

カートいっぱいに食料買って冷蔵庫パンパン。予定もパンパン。

来年の夏は絶対休むと決意を固めるの巻。

8月15日

俺的牛丼

もう何日も一人でじーっと黙って仕事をしてる気がする。

一人でいるのは慣れたもので、淋(さび)しいとかは全然ないんだけど、なんつーかある臨界点を越えると爆発的に独り言が増える。

猫がニャーといえば「どうしました？　ごはんですか？　甘えますか？」と聞く。

それくらいなら別に普通。

メールの着信音に「はいはい、誰かな誰かなって、わかっとるねん」。カレンダーを見ては「あー今日とうちゃんの誕生日だ。そろそろ後期高齢者かねえ」（そんな独り言を言うくらいなら実家に電話して祝え）

冷蔵庫を覗(のぞ)いては「お昼はなんにしようかなあ。エノキがそろそろヤバいから食べないとな。あ、そうだ、牛の切り落としと一緒に甘辛に煮て牛丼もどきにしてやれ。

玉葱(たまねぎ)はきらいだから入れないよーん、イシシシ」と、若年性アルツハイマーのようにしゃべくっていて、猫の方が正気な感じのつり目でこっちを見ている。

明日の朝はなに食べよっかなー。

そろそろ眠いなー。

仕事終わんないかなー。終わんないよなー。

8月16日

弱気めし

たまには魚も食べなくてはいけないだろうという義務感から、干物を焼いてみた。ごはん、鯵(あじ)の干物、ちび納豆、きゅうりとわかめの酢の物、プチトマト、梅干し、というメニューをカロリー計算してみたら、たったの335kcalだった。なるほど、だから痩(や)せたかったら肉はよせというわけだ。

弱気なおかずのせいか、今ハラヘリで死にそう。

死ぬ前に寝る。これ重要。

明日は2kgくらい減ってる気がする。気がするだけだが。

8月18日

炭酸抜けると甘くなる

コーラとかサイダーとかって炭酸抜けると、すっごく甘くなるっすよね。

私も気が抜けると、自分に激甘になるっすよ。

今日、一瞬仕事が一段落して、気が抜けました。

でも激しく部屋が散らかったので、だらだらしてないで片づけようと思いました。

その前に懸案事項がありまして、もう十日くらい前からずっとアイロンかけなきゃ
アイロンかけなきゃって思い詰めてましてね。夫がわざわざジャスコまで行って買ってくれた、新しいアイロンまだ箱も開けてなくて、しわしわの洗濯物だけが山積していまして。

よし、朝ご飯を食べたら何を置いてもまずやろう。

アイロンってかけ始めちゃえば楽しい作業なんだよな。

で、ちゃんとアイロンかけました。

で、そのあともう何もする気になれず、床に転がって自分を甘やかし、漫画読んで

るうちに日が暮れました。

8月24日

人間は中弛む生き物

意気込んではじめた物事ほど中弛む。いま私はいろんなことに中弛るんでいる。夏の終わりの雨に地面がぬかるむように中弛んでいる。今日は食べた物もいっさい記録せず、Ｗｉｉ　Ｆｉｔにも乗らず、ストレッチもせず、ペン習字のテキストは何日も開いておらず、床に猫の毛がうずまき、魚焼き器からそこはかとなく、でも確実に秋刀魚の臭いが漂う。せめてミクシィくらいは更新しよう。

私の夫よ。秋刀魚を焼いたら網を洗って出掛けてくれよ。

家のどこから異臭がするのか半日探してしまったよ（汗）

8月25日

急遽夏終了

本日、夏が完全に終わったことがわかった。

朝、味噌汁をつくった。

ペディキュアを落としたが、新しく塗る気になれなかった。

扇風機を部屋の隅っこに移動させた。

朝履いた靴下を夜まで脱がなかった。

牛乳を賞味期限内に飲みきらなかった。

冷蔵庫の奥で桃がひえひえになって忘れられていた。その桃を食べたら、奥歯のかぶせものが欠けた。

何故だかわからない。きっと夏の終わりを歯医者が私に知らせたかったのだ。

そういうわけで、急遽明日は歯医者に行きます。

8月28日

晩夏のスランプ

いろいろと意欲薄れる、夏の終わり。

自炊欲が激しく低下して、でもそれってよくあることなのでちゃんと非常食は買ってある。

朝食・寝ていて抜き。昼食・レトルトグリーンカレー。夕食・ホットケーキ。

たまに食べると、レトルトカレーってものすごく美味(おい)しいね。

ホットケーキって書いてある通りの材料と、書いてある通りの手順で焼くと、ものすごく幸せな黄金色に膨らむね。

トピックスがそんなことしかない、夏の終わりの何もない一日。

9月4日

小停電の夜

きのうの夜は恐かったね！

雷ドーンドーンって鳴って停電だもんね！

お風呂で髪洗ってリンスした瞬間にガッチョーンって電気落ちたからさ、うわって思ってそのまま固まってたらすぐ電気点いてさ、瞬時にリンス洗い流したのは我ながら機転が利いたと思うんだ。

洗い流した瞬間にまたガッチョーンって電気落ちて、シャワーからぴたっとお湯も水も出なくなったからね。電気こないと水汲み上げるポンプも動かないんだよね。

あのとき洗い流さなかったら朝まで頭ベタベタでえらいことになってたよ。

でもドライヤーかけられなかったから朝あたま爆発して残念なことになってたけどね！


ってあちこち連絡したんですが誰にも共感して頂けませんでした。

どうやらわたしが今住んでいる北佐久郡のほんの一角だけが停電だったようです。

停電ハイになって一番近くに住んでいると思われる仕事の先輩に電話したら「電気点いてるよ？」と低温トーンで言われました。

ずっと東京にいたから、停電って夕方のニュース級の事件だと思ってたけど違いますね。

今日も日本のどこかで、ひっそり電気が落ちてる町があるのでしょう。

教訓・停電になったらはしゃがず寝とけ。

9月23日

いつもこいつのことを考えている

しゅっちゅう在庫を気にしているもの。わたしの目玉。

気にしているわりには意外と切らして慌てる。きのうも慌てて、わざわざ新幹線に乗って買いに行った。コンタクトレンズが売ってない町に住んだことなかったから、ありがたみがわかってなかったです。通販で買えばちょろい、と思っていたら、通販だって処方箋がいるのだった。即日で買いたかったら行くしかないのだった。

ほんとはメニコンのワンデー使ってるんだけど、県庁所在地の激安店でも売ってない。アキュビューで手を打った。

そしたら6ヶ月分買えと言われた。3千円の金券をくれるという。しかも一箱2080円。知らない人は知らないだろうが、これは安い。

しかも東京では規制が厳しくなって、3ヶ月分しか売ってくれなくなっているので、どうしたのってくらい安いことになる。

よく聞いたら配送になって日にちがかかるわけで、持って帰れるのは2ヶ月分。あとの4ヶ月分は送ってくれるのかというと、そういうシステムにはなってないらしい。

巨大ターミナル駅前、閑散としているのに、その狭いコンタクト屋だけ午前10時からごっちゃり人がいて恐かった。平日なのに。

流れ作業でどんどん人の両目をアリバイ的に覗(のぞ)いてオッケー出す眼医者も恐かった。

やっぱり少々面倒でも、メニコンで親切にしてもらって買おう。

わたしの両目はわたしに仕事を、お金をくれる大切な双子の目玉親父だからね。

働いてるうちはメスで切って無理に視力を出したりしないよ。

おばあちゃんになったら、やるかもしれないけどレーシック。

10月12日

ビューティホー

大変によい天気。おひさま照っても暑くない。運動会日和。

早起きできて朝ごはん作ってもらって車でさくさく都心を抜けて、北関東の夫邸へ。

川べりの道は緑と水色のコントラストがビューティホー。

おかあさんがきちんと整えた家は居心地がよくて、ソファでぼんやりと夫が草刈りマシーンをふるう音を聞いた。

庭に水をまくのは子供のとき以来。子供のときと同じで最初楽しくてもすぐ手が痛くなった。

大きな蜘蛛（くも）がもめん糸みたいな頑丈な網目を張っていた。

浮足立つ人であふれるつくばセンターで、ベトナム料理の店だけ空（す）いていて、甘酢がしみいるおいしさ。

一軒家のスタバでは大きい声の白人とトイプードルにみとれた。ドライブスルーのスタバなんてはじめて見た。

一人でつくばエクスプレスに乗った。東京駅からバスで通ってたことも今となってはいい思い出。

体の具合がどこも悪くなくて、親しい人もみんなとりあえず健康で、さしせまった悩みもない。

空は青くて、日が暮れたら眠くなってきて、今日も本が読めずに終わりそう。

つらかった日のことはあれこれよく覚えているのに、こんなうつくしい一日のこと

はきっと簡単に忘れちゃうんだと思うから書いておく。

2009

3月20日

今日の活動内容

この前オット君に、「あんた、昼間うちで何してんの？」というような意味のことを聞かれました。
そう言われれば、私は今そんなに仕事もしてないのに、なんであっという間に日が暮れるんだろうと自分でも不安になってきたので、具体的に何をしたのか、順番に書き出してみようと思います。

○洗濯○掃除機かけた○アマゾンで買った漫画を3冊読んだ（いくえみ綾(りょう)、吉野朔(よしのさく)実(み)、小川彌生(おがわやよい)）○仕事部屋の本棚の整理○ネット○録画しておいたテレビをみた

（沢田研二60歳記念コンサート）

え？　たったこれだけ？
強いて言えばお昼を作って食べて、コーヒーいれて、草餅食べた。猫のトイレも掃除した。あとは夕飯の代わりに豆乳野菜ジュースを作って飲みました。たぶんこれから寝るまでにすることは、

○家計簿つけ○もえないゴミを出す○読書の続き

明日はもうちょっと充実するよう頑張ります……って誰に言ってんのわたし。

3月21日

ハンガー３００本

今日の活動も書いてみます。

〇洗濯〇ネット〇大量の不要本と雑誌を紐で縛った（100冊以上はあった）〇買い出しに行った（スーパー↓パン屋↓ドラッグストア）〇スタバにて資料本読み〇洗濯2回目〇クローゼット整理（たまりにたまったプラスチックハンガー捨てた、300本以上あった）〇録画してあったテレビをみた（「モヤモヤさまぁ～ず」・中野編）

反省・なんでハンガーがそんなにあんの？　なんでとっておいたの？　自分のことなのにわからない。

あとは、ゴミ出しして風呂入って米研いで本読んで寝ます。

3月22日

堆い

今日の活動。

〇洗濯〇ネット〇仕事メールまとめて書いた〇朝ご飯をがっつり食べすぎて胃もたれを起こし、一時間ほど寝た〇リビングにうずたかくできていた雑誌塚を片付けた

○原稿仕事少し○寝室に堆積(たいせき)していたかばん塚を片付けた（かばん大小あわせて20個はあった。かばん20個って）○ミクシィ某洋服コミュニティで、欲しかったストールを安く譲ってもらえた

気がついたこと・「うずたかい」は「うず高い」だと思っていたら「堆(うずたか)い」だった。ニホンゴ難しいネー。

このあとは、夕飯の片付けをして風呂に入ってテレビみて本読んで寝ます。

3月23日

パソコン買わないと

本日の活動

○洗濯○ネット○バスに乗って街の自習室へ。ＰＣを借りて仕事3時間（いま部屋を模様替え中で落ち着かないのと、仕事用のＰＣが正月から壊れたままなので）○ロフトで買い物、テンション上がる○定食屋で定食を食べつつ資料本読み○台所の

棚の中身整理（古いタッパーを20個ほど捨てた）〇仕事メールまとめて返信
……いま私はマウスをにぎったまま40秒くらい気を失っていました。
眠いです。このあとはゴミ出しして風呂入って何もしないで寝るでしょう。

3月24日

気をつけな　ＹＯ！

本日の活動
〇お弁当作成〇洗濯〇自習室に行って4時間仕事〇スーパーで食材を買って帰る〇白いシャツにコーヒーをどばっとこぼしてしまったので、しみ抜きした〇仕事メールまとめて返信〇家計簿つけ〇リビング作りつけの棚を1ヶ所整理（使ってもいない巨大花瓶が3つ出てきたＹＯ！）
これから気をつけようと思うこと

・コーヒータンブラーの蓋はきちんと締めよう
・もらったとき「こんなの使わないYO！」と思った花瓶はすぐ人に譲ろう
このあとは風呂に入ってテレビをみて本を読んで寝るYO！

3月25日

アルツ？

本日の活動。
〇お弁当作成〇洗濯〇ジュンク堂探訪〇自習室で仕事4時間後帰宅〇録っておいたテレビをみた（「やりすぎコージー」、「音魂」）

今日、忘れたもの
・スイカ
・折りたたみ傘（下駄箱の上に出しておいたのに）
・お箸（いつもより大きい弁当箱を持っていったばっかりに）

忘れ物が多いときは疲れているときなので、もう何も考えずに寝ます。

4月17日

ピッ。

ピッとしただけで北海道まで来た。

はじめてスキップサービスというのを使って飛行機に乗ったら、本当にピッてやっただけで、地下鉄乗るみたいにスル〜リと乗れてしまった。飛行機の中で爆睡してスル〜リと降りてJR改札に行ったら、いつの間にか北海道でもスイカが使えることになっていて、ポケットの中のスイカをピッとやって新札幌(しんさっぽろ)までラッタッタッて来てしまった。

しかし地下鉄はまだスイカは使えなかったので、切符を買った。

ここでやっと違う土地にきた実感が湧いた。

せっかく湧いたのに、地味地味な地下道に文春文庫いい男ポスターが展開していて、どうも海を越えた感が薄れた。

地下鉄駅を降りてやっと地上に出て外気に触れる。10℃らしいけど、ちょっとひんやりする程度。上野動物園のほうが寒かった。

荷物置いてスーパーに買い物へ行って、スーパーの中の小さい本屋で立ち読みして、いつもと同じような食料品を買っていると、まったく通常と違いが感じられない。

部屋に猫がいないのだけが違う。

あ。テレビがアナログでしかもテレビデオなのが、なんだか不思議です。

4月18日 ぜんどうてき

北海道に来ると必ず思うことなのですが、天気予報で、北海道全体を指すときに「全道的に晴れ」とかいうんですよ。この「ぜんどうてき」が、胃とか腸とかが動く「蠕動」に聞こえるんです。

「蠕動的に晴れ」って。北海道がくねくねしてるようで奇妙というか慣れないす。

今日は朝6時半に起きました。

朝ご飯を食べて洗濯して化粧をして、はりきって出かけました。土曜日なので地下鉄駅で「ドニチカ」切符を購入。土日祝祭日に限り、５００円で地下鉄一日乗り放題のお得感いっぱいの切符です。

本当は、今、全国的に可愛いもの好きがモエモエになっている、モモンガのキャラクターがついている北海道版スイカの「キタカ」を買おうと思っていたのですが、スイカと違って地下鉄との互換性がないとのことで保留としました。

キタカ、かわいいのに。地下鉄も乗れたらいいのに。きっと全道的にそう思われていることでしょう。キタカのＨＰ、かわいいですよ。モエモエですよ。

なまらわびしい

朝からはりきって来たところが、ネカフェという悲しい現実。仕事がね、もりもりっとあるですよ。でもね、ＰＣ持って移動するの、重いから好きじゃないんすよ。自習室を探したんだけど、北の地にはなかったですよ。教えてｇｏｏで聞いたのですが、ネカフェへ行けというのが優良回答だったですよ。

マイマウスに付け替えて、おしぼりでそこらじゅう拭いて、花粉用マスクを装着すれば、ま、それなりに快適です。

小腹が空(す)いたので、たこ焼きを注文してみました。北海道の午前11時に、ものすごく不健康なテイストです。

今日の夜は、北の人たちとジンギスカンパーティーです。

地元の人しか行かない、なまらおいしいとこらしい。

そしたらね！

4月19日

成吉思汗

成吉思汗と書いてジンギスカンと読む。これ全道的な常識らしい。

汗（かん）しか当て字になってなくない？

「じょっぴんがる」よりもっと当たり前な日本語らしい。

例文「あんだ、夜はじょっぴんがって寝るもんだべさ」

解答は最後に。

道産子(どさんこ)たちが日本一だべここのマトンはよ、という生成吉思汗を頂きました。なまら肉厚。ジンギスカンというより焼肉だべ。浅草に、日本で三番目にうまいジンギスカン屋があるらしいと私が言ったら、道産子たちは興味津々。しかもそこはなぎら健壱が通ってくる店で、BGMはずっとなぎら健壱がかかっているらしいと言ったら、店の大将まで食いついてきた。

みんなで積み立てして、今年中に東京さあ行って鼻を明かしてやろうというような話になってました。

成吉思汗屋は成吉思汗しかないので、食うだけ食って二軒目に行って、三次会はその日初対面の女子の家に。一人暮らしの女の子の部屋って、久しぶりに行った。散らかっているのに、人間5人で押しかけても居心地よくごろごろできて、なんかとってもよかった。

コンパクトな部屋なのに、美猫が二匹いて、猫タワーも猫ケージも大きいのがあって、買ったばかりのブラビアがあって、お酒もお茶もお菓子もどんどん出てきて、でもその子が全然気負ってなくて、いいもの見たっていうか不自然さがまったくないのがすごかった。

いろんな意味で見習いたいです。

解答・じょっぴんかる→鍵をかける。

7月3日

さらばプラダよ

色黒でスタイリッシュなあなたとは結局1年しかもちませんでしたね。最初わたしはあなたのことが自慢で、なんだか有頂天でした。あなたは本当に格好よかった。今でもその気持ちは変わっていません。

でも、だんだんわたしは疲れてしまったのです。もちろんあなたが悪いんじゃなくて、わたしががさつなのが悪いのです。繊細なあなたを傷つけないように、奇麗好きなあなたが汚れないように、それはそれは神経を使いました。

この何カ月かは、正直言ってあなたのことが疎ましいとさえ思っていました。

今日別れる決心をしてお店に行ったら、労わるような口調でドコモの人が理由を聞いて下さいました。

私は苦く笑うことしかできなかった。こんなこと言うのはどうかと思うけど、あなたにはお金がかかりました。もう一年我慢しようかと考えないでもなかったのですが、私はやっぱり古い女です。

タッチパネルには馴染めません。

さようならプラダよ。

新しいパートナーはお洒落ではありませんが、ワンセグだしカメラは1000万画素だし、
ばちんばちん折りたためて気持ちいいったら！

7月21日

ルーマニアのお嫁さん

今年もまた北佐久郡での一人暮らしが始まった。

5時起床。雨なのと寒いのときのうの夜に若干風邪っぽかったので朝ウォーキングさぼり。

午前中が長い。掃除して洗濯して書き仕事してお昼を作ってもまだ午前中だ。午後ますます雨が強くなる。今日はウォーキングに行かないで済むかもと思っていたら午後4時にぴたっと止んだ。スーパーに行きがてらしぶしぶ歩いた。

北佐久郡のスーパーは小さいところでも大きい。都会では売っていないものがいっぱい売っている。「ルーマニアから来たお嫁さんが作ったアスター」という花を見た。あとでだんだん買えばよかったという気持ちになった。

7月22日

大流行中

起きたら7時だった。そして雨だった。雨もだんだん嬉しくなくなってきた。洗濯ものがからっと乾かない。

午前中、なんだか体も頭も動かなかった。おなかが痛い。寒気がする。何も集中してできそうもなくて午前中だらけて寝ていた。猫も私にくっついて寝ていた。

午後仕事をはじめようとしたらものすごくだるくなった。体が仕事を拒否している。期待を込めて体温を測ったらちょっと熱があった。よし風邪認定。

北佐久郡に来てから三度の食事も読書も携帯打つのも爪を切るのも、なんでもベランダでするのが私の中で大流行中で、寒かろうと豪雨だろうと濃霧だろうとベランダにいたから冷えたのかもしれない。

風邪が長引くとご飯が心配なので今のうちにと夕方カレーを煮込んだ。そしてそれをベランダで食べた。

7月23日

いきづまる

今日は12時に北佐久郡ではじめて行く美容院の予約が入っていて、12時って言ったら私が激腹減りになる時間で、きっと空腹のあまり目についたランチの店でミックスフライ定食とかしょうが焼定食大盛りとかをガバーッと食べてしまいそうな予感がして、お弁当を作った。でもお弁当作って美容院に行くってどうなの。

地図で見たらその美容院まで30分くらいあれば歩けそうなのでウォーキングをかねて歩いて行くことにした。綺麗(きれい)な川べりでガラス張りで小さくて素敵な美容院。でも男の人が一人きりでやっていて、その人が渡辺謙(わたなべけん)を15歳くらい若くしてニヒルにした感じの人で、感じが悪いわけではないけれどまったく世間話をしない人だった。

まったく話さない男の人とマンツーマンで素敵空間にいるのはすっごく気づまりだった。素敵じゃなくていいからニヒルじゃなくていいから、自信満々に切らないでと思った。前髪このくらいでいいですかとか聞こうよ。

気づまりのまま美容院を出て、すぐ近くにあった総合病院のロビーでお弁当を広げた。病院のロビーの方が気が休まった。病院に貼ってあったバスの路線図を見たらなんだかバスで帰れそうだったので受付の人に聞いたら、外回りのバスに乗ればいいですよと言われた。ちょうとバスが来たので乗った。そしたらどんどん山奥に向かって行くので驚いた。内回りだった。すごすごと降りて結局タクシーに乗って帰った。仕事はあまりはかどっていません。

7月24日

掟破り（おきて）

5時半起床。また雨。毎日毎日雨である。午前中書き仕事。

今日は12：44発の新幹線に乗る。12：44なんて私が激腹減りになる時間で、きっと空腹のあまり駅でカツサンドとか峠の釜めしとかを買ってしまうので、あらかじめサンドイッチを作った。新幹線の中で食べようと思っていたのに出かけるまでにお腹が空いて食べてしまった。

えきねっとで予約したチケットが何故か券売機で発券できなかった。クレジットカードの暗証番号が違うらしい。去年までこれで発券してたのに。暗証番号なんて私の心の中にはふたつしか決めていないのに。どちらも違うってどういうこと。

北佐久郡で買えないものをごっそり仕入れた。豆とか薬とかCDとかマイクロSDカードとか（編注・佐藤正午の新刊とか。夕方空腹に負けて、一人外食の禁を破り喫茶店でいいかげんなパスタを食べた。痛烈に旨かった。

7月25日

身の上話

目が覚めたら8時過ぎていた。たっぷり寝た。風邪も抜けた感じがする。久しぶりに空も晴れている。

そんな体調万全の爽やかな土曜日を、まる一日正午の新刊で潰した。先が気になって気になって気になって。ウォーキングにも持って出て徒歩20分のところにある喫茶店でも読んだ。

北佐久郡に来てからまったくテレビを見てないので本くらい読んでもいいか。つい先週まで毎日こつこつ録画して毎日こつこつ芸人番組を見ていたのが夢のよう。週に4日はさまぁ～ずを見なければ死んでしまうと思っていたけれど別に死なないし何でもなかった。

7月27日

気だるい

きのう今日とずっと家にいてダレている。毎日毎日けだるく雨が降っている。夕方たらたら仕上げた仕事をそっと送信。

冷蔵庫がほとんど空だし部屋もすごく散らかっているが、やる気が出ず風呂(ふろ)に入った。めぼしい食材がないのでご飯を炊いておにぎりを作り、アマゾンで取り寄せてあった「内村さまぁ～ず」のＤＶＤを観ながら食べた。猫が変な声で鳴いてるなぁと思ったら廊下で巨大なバッタ（たぶんカマドウマ）を仕留めていた。なんだよと呟(つぶや)いてティッシュで拾って捨てた。

7月28日

あまじょっぱい

7時に目覚ましを止めたはずが気が付いたら9時だった。たるんでる。気を取り直して掃除だの洗濯だのしていたら、きのう送った原稿に直しが入って、連絡業務などしているうちに夕方になってしまった。
5時半から久しぶりに会う先輩とご飯を食べた。カウンターの隣に座っていた女の人がきんつばをくれた。有名らしいそのきんつば甘いのに塩味も効いていた。塩キャラメルみたいなスタンスなのか。甘いものも甘いだけではやっていけないほど不況なのか、ってそれほどの話でもないけど。

7月29日

ふえすぎちゃうか

7時起床。今日も起きたら雨である。いくらなんでも降りすぎちゃうか。仕事用のノートがしっとりしててシャーペンがつっかかる。テンション落ちるわ。

午前中、遠くて大きいほうのスーパーへ行ってテンションを上げごっそり食料を仕入れた。近くて小さいほうのスーパーも十分大きいのだけど毎日行くと飽きるので。

午後あまりにも散らかった部屋を片づける。とてもじゃないが一日では片付かないので、今日は台所を中心に。キッチンの棚に入れっぱなしだった乾物の山を処分した。どれも2年くらい前に賞味期限のものばかり。ふえるワカメの大袋が3袋も出てきた。全部戻したら風呂桶いっぱい分くらいありそうだ。海藻を食べねばという義務感が強いのは、本当は好きではないからだろう。今日も買いだしでワカメを買っていた。生ワカメにしたのは無意識にふえるワカメだと棚に入れて忘れるだけだとわかっていたのかも。きゅうりと酢の物にして食らってくれるわ。

8月3日

剣見崎さん

木、金、土はずっとずっと北佐久郡の部屋の片付けと掃除と資料読みをしていた。

押し入れや棚に突っ込んであるものを全部出して、要らない物をまとめて捨てて、掃除機かけて雑巾で拭いてとその繰り返し。掃除に疲れたら資料を読んで本に飽きたらまた掃除して、そうやってまる三日。

かつてお金を出して買ったものは必要だったり欲しかったりした物なので、なんでこんな物買ったかなあと思っても、それをまとめて捨てるのって案外労力の要ることだ。

昨日の日曜日は夫になんでもかんでもやってもらって休んだ。

月曜の今日、日帰りで東京へ行った。東京の部屋にも要らない物がごまんとあるが、こちらは年季が入っているので相当覚悟しないと片付かない模様。覚悟は来年で。

北佐久郡に戻ろうとしたとき、急に剣見崎さんのことを思い出した。剣見崎さんは夫が命名した観葉植物で、もう１カ月は水をやっていなかった。というか存在を完全に忘れていた。忘れてるぐらいが丁度いいんですよと植木屋さんに言われてはいたが、本当に剣見崎さんはへっちゃらだった。北佐久郡に持って行こうか迷ったが、そうしたらきっと私は水をあげすぎてちやほやして剣見崎さんを駄目にしてしまうのだろう。だから置いてきた。

8月10日

愛情過多

北佐久郡の部屋はネット環境が良くない。イー・モバイルで繋いでいるのだが、去年の夏は部屋の中ではまったく繋がらずベランダに出ないとアンテナが立たなかった。それが今年は微弱ながら部屋でも繋がるようになったのだから改善したと言える。でも八月になって北佐久郡に人が押し寄せてきたら、その微弱電波の取りあいのような様相になって、午前中以外は繋いでも繋いでもぶちぶち切れて非常に神経に触る。かと言ってひかりにすると何時間もブログ巡回やら通販やらしてしまうのは目に見えている。

一人でしーんとして暮らしているところに夫が持ち込んだのが、朝顔の鉢みっつ。会社の同僚からもらった「変わり咲き朝顔」だそうで、正式名は特にないらしい。様々な種を交配して漢字八文字の名がついているらしいが覚えていないということ。変わり咲き朝顔というのは江戸時代に流行したそうで、うまく咲くと将軍家に献上したり、なんというか高貴な趣味らしい。朝晩たっぷり水をあげてと言われて、がってん、とばかりに朝晩ゆきひら鍋(なべ)にくんだ水をたっぷりやっていたら、朝顔達がぐったりしてしまった。9月中旬くらいまで次々と花が咲くということなのに、つぼみも膨らまない。明らかに水のやりすぎというか、かまいすぎである。ああ、水をやりたい、ちやほやしたい。でもそうすると根が腐る。じっと耐えること数日、朝顔達は生気を取り戻し花を咲かせた。つぼみもいくつかある。放っておくって難しい。

11月3日

地の果て教習所

ここのところ一人で北佐久郡にいる。

いつだってどこだってだいたい一人でいるのだけれど、私は常にさくらおばさんと寝食共にしているので、一人でも一人じゃない気がしていた。

しかし今回は用事が終わったら即座に北佐久郡から撤退する予定なので、おばさんのことは実家に頼んできた。何故なら私一人ではおばさんを北佐久郡まで連れて行けないし、連れて帰ってもこられない。私とおばさんのセットは、常に夫の車で移動する必要がある。

しかし、あちこち行き来するたび夫の予定をうかがわなければならないということにもそろそろ疲れてきた。自分で運転できたらどんなに自由だろうか。

というわけで、とうとう重い腰を上げることに。

北佐久郡の部屋のそばまでマイクロバスが迎えに来てくれる。

そこからうねうね山道を走って、農協前だの病院前だので小さいお友達を拾いつつ、50分かかって、標高1000mのところにできた小さい水たまりみたいな教習所に着く。

こんな地の果てにあるようなところなのだから、もっと広く作ればよかったのでは、と思う。

360度山に囲まれ、空に近い。

呼吸が浅いのは空気が薄いのと緊張しているのと両方か。

始業の時間にはラジオ体操第一がかかり、教官と生徒みんなで体をほぐす。これはとてもいいです。笑みが浮かびます。

大学を出た春に免許を取ってから、3回しか運転していません。しかもオートマははじめてです。

車がブレーキをはなしただけで動くことに驚く。クリープ現象ご存じない？　と穏やかな笑顔の底が冷えっとした感じで教官が言った。

雄大な景色の下、小さい場内を、はい左折はい右折はい40キロ出してはいブレーキはいクランチ抜けてはい縦列と口調だけは優しく、休むことなく、指示を出される。

得意のお愛想も言えないまま、大汗をかく2時間。

北佐久郡へ連れて帰ってくれるバスは夕方まで出ない。

空腹とめまいで目の前がぐるぐるし、持参したにぎりめしをぼそぼそ食べ、机に突っ伏す。

子供のころよく車酔いをして、父親に「大人になって運転すれば酔わないよ」と言われたものだが、自分の運転が下手すぎても車酔いしますよと、携帯メールを父に打つ。

小さいお友達がみんな、目の色を変えて学科の勉強をしている横で、しばらく気を失った。

まだ場内。次回から地の果て市内を運転します。

12月13日

柿鯖

きのう柿鯖寿司、頂戴いたしました。

王子と一緒に食べようと思っていたのですが、夜遅くまで飲んでいて帰らない様子だったので、受け取ってすぐ、一人でがっつきました（王子も朝ご飯にがっついていました）。

鯖寿司界の沢村賞受賞、って感じの美味しさですね！　なんだか私が一番得してる気がします。

ありがとうございました～。

2010

1月1日

賀正

去年の私の3大トピックスはこんな感じです。

1. 秘書退職
2. 自宅の事務所化
3. ペーパードライバー返上

次点・マウスを使うのをやめたら肩コリが激減

というところでしょうか。

2010年の抱負をさっきお風呂（ふろ）の中で考えたのですが、

「新しいことをはじめない」に決めました。

去年は、何かじっくりやろうとしてもすぐ目新しい方へ楽しい方へと流されて、落ち着いて机の前に座らなかったので。

みなさま、今年もよろしくお願いいたします。

1月30日

ぴーちくぱーちく

大変懐疑的なままツイッターはじめてみました。

すぐやめるようなことになったらごめんなさい。今年の抱負は「新しいことをはじめない」だったのに。新しいことはじめないって難しい。

5月28日

つぶやくのも難しい

ここでツイッターの愚痴を書くのもどうかと思うけど、
なんだか溜まったので書いてみる。
人にいやな思いをさせないように、そして自分がいやな思いをしないように、
わりと気をつけてきたつもりだったのだけど、
ここにきて続けざまに二人の人に「フォロー外しやがってなんだよテメー」（意訳）みたいな感じでからまれてしまった……。

あーあ、面倒くさいっす。せっかく楽しかったのになあ。
久しぶりの日記なのにしみったれてすいません。
天気もいいし働こう！

5月31日

新着情報についてのお詫び

先ほど家人から、ミクシィの新着情報にカレンダー機能の更新情報が一気に8件くらい上がっているけど、結構ぎょっとするから気をつけろと言われました。他の方の新着情報欄にどう反映されるのかよく分かっていませんでした。驚いた方ごめんなさい。

限定公開してみるのも面白いかと思って書きこんだもので、間違ってしてしまったことではないのですが、ちょっと過剰でした。

これからは気をつけます。すみませんでした。

私はミクシィの絶頂期に乗り遅れてしまって、いろいろわかってないところもあります。

人々がミクシィに嵌まっていた頃、私のまわりにはSNSなんて胡散臭いと毛嫌いする人ばかりいて、本当は始めたかったのに何となく格好つけて登録することができなくて、今頃「あの時はじめていれば楽しかったのに」と後悔しているのです。

そんなわけでツイッターは、乗り遅れなくてよかったとほっとしています。

なんか所信表明みたいになったな……。

7月12日

北佐久郡なう

今年も北佐久郡に来た。

「軽井沢なう」とはやはり無邪気に呟けないのでこちらに。

都心の皆様に伏してお詫び申し上げたいほど涼しいです。

去年の秋に、地の果て教習所で血のにじむような特訓を繰り返した成果が活用される時がきた。

車でスーパー行けるってなんて便利でしょう。車って大きい買い物袋。

しかし、初心者マークが輝く私の車の尻を、長野ナンバーの荒くれ者たちが煽るわ、追い抜くわで、びくびくです。

それとはまったく関係ない話ですが、今日、結婚指輪をなくしてしまいました。

歳をとると指も痩せるのか、ここ半年くらい抜けがちで危ないなあとは思っていたのですが、何も対策を練らなかったら本当になくしてしまった。

私が持っているアクセサリの中で一番高い、自慢のヴァン クリーフ&アーペルだったのに。

指以外のところが痩せたらいいのに。

7月18日
心理戦

普段は家の周辺しか出歩かない、遠くに行く用事をなるべく作らない、出かけても新宿区、豊島区、千代田区くらいの範囲でしか行動しないで生活している私ですが、北佐久郡に来ている時はなんだかんだで週に一度くらいは新幹線に乗って東京に出向く。

週に何度も仕事で新幹線に乗らねばならない人からすれば贅沢かつ神経質な話に聞こえるだろうけど、私は至近距離に見ず知らずの他人が近づいてくることのない生活をしているので（地下鉄と山手線くらいなら混んでいても平常心で乗るけども）新幹線の座席選びにはとても悩む。

座席ってこういう位置関係にあるじゃないですか。

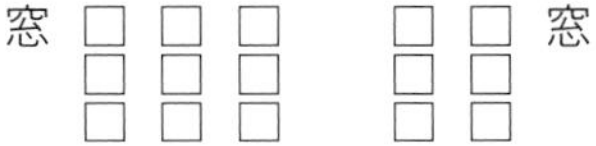

窓
□□□
□□□

□□□
□□□
□□□
窓

なるべく隣に人が座ってほしくないので満席にならなそうな時は、三人並びの通路側がひとつ取られている所（×の個所）の窓際（■の位置）を取るようにしています。

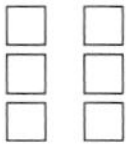

□□□
□□□

□×□
□□□
□■□

そうすると乗車した場合、

×××
×××

×××
×□×
×■×

という感じに隣が空く確率大。

しかし隣に2人連れが座ってしまった場合は、2人席で人と隣り合うより圧迫感があってつらい。

いつもいつも、三人席の窓際を取るか、二人席の窓際を取るか、ネット予約をするとき悩んでしまう。悩んだところで乗ってみなければわからないのに座席表をじっと見つめてしまう。このあたりは団体が予約してそうだから避けようとか。長野新幹線は8号車が便利だとか。

飛行機の座席もどこが快適なのか、延々とネットの座席表を見てしまいなかなか、この席、というのが決められない。

昔みたいに自分で席の指定なんかできなければいいのに、そうしたら考えなくていいのに、とも思う。

明日は三人席の窓際を取ってみたのですが、どうなるかしら。まあそんなことどうでもいいか。

2011

1月2日

賀正2011

去年の私の抱負は「新しいことをはじめない」だったのに、まったく全然守れませんでした。

昨年の3大トピックスは、

1. ツイッターを始めた
2. 一生住むつもりだったマンションから引っ越した
3. 北佐久郡に土地を買った

と、新しいこと始めすぎ。

「新しいことをはじめない」というのはとっても難しいので、2011年の抱負もそうしたいです。

それに加え「切り上げ力」を付けたい。自分の決めた帰宅時間を守りたい。

今年成し遂げたいことは、
1.『恋愛中毒』以来12年ぶりに始めた長編を書きあげる
2.持っている不動産を整理して、北佐久郡に家を建築
の、ふたつです。

ミクシィはもうあまり使わなくなっていますが、こうやって備忘録として書きとめるにはツイッターより便利。

本年もよろしくお願いいたします。

2月2日

王子邸売り出し中

つくばの一人用一軒家、とうとう売りに出ました。

こんな微妙な物件を果たして買ってくれる人がいるのかと思ったら、あっという間に3件の内覧希望が入ったそうな。確かにネットで見ると「なんだこれ、ウケる」とは思うかも。

2月11日

顔カタログ

フェイスブック登録しました。が、楽しみ方が全然わかりません。
あれは日記を書くところではないのね。
昭和の女の私はミクシィほっとします。が、フェイスブックもきっと楽しいはず。
フェイスブックは本名でやっています。

6月19日

今年も

今年も北佐久郡に来た。去年より1ヶ月早く来た。

暑さに対しては弱虫中の弱虫、卑怯者（ひきょうもの）中の卑怯者の私は、大節電が予想される東京からとっとと逃げてきました。

私は放射能より暑さが恐いです。

そして、とっとと来すぎて北佐久郡まだ寒いです。

ヒートテック引っ張り出して着てます。

去年、北佐久郡のマンションが売れなくてよかった（負け惜しみ）。

家は10月末に建つ、と建築士さんが言うのを「そんなとんとん拍子にいくもんかねえ」と思っていたら、案の定、いろいろ不測の事態が起こって、いま図面からやり直しになってます。

マンション売れてなくって本当によかった（負け惜しみ）。

6月30日

情報解禁

「文芸あねもね」というチャリティー電子同人誌に参加することになりました。チャリティー的なことも、同人誌も、電子書籍も、今までどちらかというと避けてきたことだったのですが。今回は入魂で臨みます。

ここのところこれにかかりきりだったのに、秘密執筆者ということで、二か月近く黙っていなくちゃならなくてつらかった〜。

12月25日

家が建ちました

嬉（うれ）しい。

でも一戸建て慣れないので戸惑う。

でもでも嬉しい。

12月28日

不動産売買祭り

この一年、とにかく不動産を売ったり買ったり借りたりした。

それもあとちょっとで収束しそう。

札幌のマンションは出足が鈍かったが、数日前、買い手が現れてほっとした。

もう心配ないかと思ったら、いま札幌の不動産会社から電話があって、若い営業マンが（私のじゃなくて買主さん担当）が、何か失礼なことをしでかして買主さんを怒らせてしまったという。

売買には問題ないと言い張っていたけど、雲行きがあやしい……。

いろんなことがありますわ……。

軽井沢のマンションは、あいかわらず売れる様子なし。

年が明けたら荷物を出して、きれいにリフォームして売り出す予定。

12月30日

月ノ輪荘

今日は初めて北佐久郡の家に泊まる。

外は氷点下。家の中もひんやりしてるが、凍えるというほどではない。

建設中この家に何か自分たちだけの通称をとずっと考えていて、ツキノワグマの生息地なので、月ノ輪荘と呼ぶことにした。

荷物のほとんどを夫が赤帽の人と運んでくれて、カーテンはないけど、それなりに快適に住めるようになった。

テレビは電波障害でまったく入らず、ラジオだけの静かな年末年始です。

2012

1月2日

賀正２０１２

明けましておめでとうございます。
昨年の私の3大トピックスは、

1. 震災と、それに伴い「文芸あねもね」の作成
2. 札幌と軽井沢のマンションを引き払った
3. 軽井沢・月ノ輪荘完成

という感じです。

去年目標に掲げた「家完成」と「長編完成」、長編小説のほうは切り上げ時がわからなくなって、まだダラダラ連載しています。さすがに今年は終わるだろう……。

今年の抱負は、去年の反省を踏まえて、

「ひとつの宴会は三時間、長くても四時間で帰る」

「週に1回は完全にインターネットを休む」

「中性脂肪を減らす」

のみっつを強化したいと思います。

あと、家ができて人を呼ぶのが楽しみすぎるけど、あんまり無理しないようにしたい。イベントを入れすぎないよう気をつけたい。

今年の11月で50歳になるので、ひとつの節目の年にしたいです！

3月16日

とうとうスマホにしました。いろいろぐったり。何がわからないかもわからない……。写真とか、遠い道のり……(;´Д｀)

2013

1月5日

賀正2013

明けましておめでとうございます。
昨年（2012）の私トピックスは、
「軽井沢の家に本格的に引っ越し、長野県民となった」
これひとつに尽きます。
（あ、あと携帯をスマホにしました）
（あ、あと50歳になりました）

昨年の抱負は、「ひとつの宴会は三時間、長くても四時間で帰る」「週に1回は完全にインターネットを休む」「中性脂肪を減らす」

の3つでしたが、ひとつめの宴会切り上げ作戦は驚くほど身に付き、とにかく二次会というものに行かなくなりました。というのも、家に帰るのが楽しくて楽しくて。家最高。

インターネットの時間もだいぶ減ったように思います。

中性脂肪は改善できませんでした……。

今年２０１３年の抱負は、

「長編出版」

「ダイエット」

このふたつで、今年、私はまじで痩せます。

何故なら15年ぶりの長編小説（編注・『なぎさ』）が10月出版と決まったため、（たぶん）人生最後の大パブリシティー活動に、9月頃から励む予定なので。頑張ります。

2014

7月16日

約30年前大学の落研合宿で長期滞在した青島（あおしま）の民宿、まったくそのままな感じで建ってました。正面にあった青島ペスコという駄目な感じの風俗店は当然ありませんでした。青島は観光地としては相当廃れたのにこの民宿が残っているのはすごいことだなー。それにしても大学時代が30年前って驚くわー。

12月14日

2014年の出来事を振り返ってみました。
1月、ポリープ摘出（無事）
2月、『ひとり上手な結婚』文庫発売（売れず）

3月、沖縄旅行
4月、書き下ろし原稿始める
5月、TSUKEMEN の楽屋を訪ねる
6月、宮崎旅行
7月、親孝行
8月、親孝行
9月、寝込む
10月、ある大きな決心をする
11月、あねもねガールズ来訪
12月、書き下ろし原稿終わらない

2016

1月3日
あけましておめでとうございます。

明日から通常の生活に戻る前に、昨年をざっと振り返ってみます。
1月、やる気になれずだらだら仕事
2月、担当編集者、由花(ゆか)さんが亡くなる
3月、泣きながら直島(なおしま)旅行
4月、短編を一編書く
5月、仕事まったくやる気なし、富山旅行
6月、仕事まったくやる気なし
7月、父倒れる
8月、父手術、猫と上京し看病
9月、一旦(いったん)山の家に戻るも、父再び倒れ上京
10月、東京の家にしばらく居ることに決め実家通い
11月、少しやる気が出て仕事再開
12月、急にピアノを習い始める、連載スタート
こう書いてみると昨年はつらいことが多かったのですが、激しく悲しい気持ちと、日常生活の中でのちょっとした楽しみは普通に共存してるということを感じた一年でした。

悲しくて苦しくてだーだー泣いても、10分後にはおいしい珈琲（コーヒー）を淹（い）れて飲んだりできる。

いつ山の家に帰れるかわからないので、どうせならという気持ちで習い始めたピアノがすごく楽しい。

そのうちクラリネットとバイオリンも習ってみたい。

２０１６年の抱負は「締め切りを破らない」です。

今更！　今更締め切り！

12月29日

暮れも押し迫ってきましたが、私は大掃除もせず、正月の用意もなく、今週は毎日10時間くらい寝てごろごろテレビを観て、とても元気です。

２０１６年を振り返ってみたいと思います。

1月、昨年から引き続き東京の部屋に居て実家通い、「真田丸」にはまる
2月、ベトナム旅行、ベトナム料理にはまる
3月、自分の電子ピアノを買う、ＹＡＭＡＨＡクラビノーバ15万円弱

4月、傘寿祝いで母とふたり九州旅行、帰ってきたとたん熊本地震が起こり、父倒れ緊急入院

5月、父一旦退院するも再び緊急入院&手術&退院、そんな中、夫に激怒するエピソード発生

6月、ピアノ、グループレッスンに通えず、個人レッスンに切り替えたら、先生がすげー厳しくてピアノが上達してしまう

父、奇跡的に固形物が食べられるようになる、好物の蒲焼も完食できた

『なぎさ』文庫発売

7月、角田さんとトトちゃんに会う

うちの猫の下痢が治らずはらはらする（今は超元気）

「ポケモンGO」にドはまりする

父と大喧嘩、その後弁当を作って行って謝る

8月、父倒れる、緊急入院した翌日81歳で亡くなる、葬儀から各種手続きまでほとんど取り仕切る、寝不足と暑さで自分が死にかける、丸三日ポケゴーできず

9月、やってもやっても手続きが終わらない、父のゴルフ会員権（買った時七百万）が一銭にもならず、むしろ書類代でマイナスになる

10月、父の車を売る時、隠された煙草がごっそり出てくる
仕事再開
遺品整理&実家の片づけ
11月、相続手続きを始めるも難航、ピアノ再開
12月、ひとり贅沢(ぜいたく)京都旅行で自分を慰安
実家リフォームしヤニっぽかった壁がぴかぴかになる

というふうに今年はバタバタで大変でしたが、
去年の（由花さんが亡くなっての）しょんぼり具合から比べると力の漲(みなぎ)っていた年でした。

来年は平穏に過ごせる気がしています。

長編も来年中に終わるといいけど、どうかはわからない。

担当の女性が定年になる前には終わらせたい。

2017

3月29日

昨日、3月28日の朝、飼い猫のさくらが亡くなりました。

17歳でした。

2月の初旬に体調を崩して通院を始め、三臓器炎ではないかと診断されたのですが、高齢なので過剰な検査や治療は控えました。ステロイドがすごくよく効いて、一時はかなり回復し、まだまだ元気にやっていけそうに見えたのですが、やはり徐々に衰弱してしまいました。


17年前、神田川（かんだがわ）の満開の桜並木で赤ちゃんのさくらと出会って、桜が咲き始めた時にお別れになってしまいました。

これまでは病気らしい病気をしたことがなく、健康で元気で、気が強くて順応性があって、頼りになる猫でした。

住んだ家はなんと9軒！　しょっちゅう人間の都合で住まいを変えて申し訳なかっ

たと思っています。が、さくらはまったく気にしない性格で、どんな家の間取りもすぐ覚えて、人間より早く新しい環境に馴染んでいました。どこにいても好きなものをおなかいっぱい食べて、お水もよく飲んで、お日様に当たってのびのび過ごして、いい猫生だったと思います。最後まで気丈で、息を引き取るのも夜中ではなく、私が朝起きるまで向こう岸へ渡るのを待っていてくれました。

私と母が見守る中、漫画みたいにこてっと亡くなりました。

小さいのに威厳に満ちていて、大人で目上の人みたいな猫でした。和菓子みたいな柄とくっきりしたアイラインが凜々しかった。

17年間毎日のように同じベッドで眠り、ふたりで遊んだり喧嘩したり甘えあったり、親友のような姉のような存在でした。

さくらと過ごした時間は宝物です。

これからはさくらを見習って、強気で生きていきたいと思っています。

5月15日

今日はさくらの四十九日でした。特に仏教徒というわけではないですが、やはり何か区切りの日だと感じます。昨年は父が亡くなって、その前の年は親しかった担当編集の女性が亡くなって、まわりの人はみんな時間が過ぎるのが早く感じるとよく言うのですが、私は一昨年くらいから時間が間延びして感じてます。さくらとお別れしてから今日までとても長かった。でも先週アドベンチャーワールドで沢山の可愛い動物たちと触れあって、さくらも可愛かったな〜と明るい気持ちで振り返ることができました。いつかまた、ふわふわしてあったかいキュートな生き物と暮らしたいです。

6月25日

父、猫、と続けて最近あれこれあってもうずいぶん長く実家におり、その間ずっと夕飯を作り続けて飽きてきた。

料理は嫌いじゃないけど好きなわけでもない。

自分ひとりなら、茹(ゆ)で野菜と茹で鶏肉(とりにく)とかだけで済ませるのになー。

料理嫌いで、でもこってりしたもの好きの母が喜ぶのでつい頑張ってしまった。

7月からは軽井沢に戻って、自分ひとりのご飯だけでいい暮らしに戻れそうです。

12月31日

2017年を振り返ってみます。

1月、初めてのピアノ発表会
2月、飼い猫さくら、体調崩す
3月、さくら、治療の甲斐(かい)あって持ち直したりもしたが月末に亡くなる、享年17歳
4月、ペットロス（やることないので仕事する）
5月、ペットロス（動物欲を満たすため白浜(しらはま)に子パンダを見に行く）
6月、父の一周忌（父のことが一区切りし安堵(あんど)）
7月、やっと軽井沢に戻る、家の前庭工事
8月、自分の家で暮らせるっていい！
9月、ペットロス
10月、ペットロスを紛らわすため仕事とピアノを頑張る（大阪、京都旅行）
11月、ペットロスを紛らわすため仕事とピアノを頑張る

12月、二回目のピアノ発表会（ピアノ上達してしまう）（名古屋(なごや)旅行）
来年は今から楽しみなことがふたつあって明るい気持ちです。
あと毎月ちょっとずつちょっとずつ書いている長編が終わるといいなと思ってます。

2018

3月28日分再投稿noteより
さくらおばさんのこと

昨日、私の飼い猫だったさくらおばさんの一周忌時の記事を間違って削除してしまったのですが、サルベージできましたので再投稿させてください。すみません。以下、その記事です。
※（2018.3.28投稿）
一年前の今日、飼い猫のさくらが亡くなりました。17歳でした。

以前のツイッターアカウントのときと、後に始めたインスタグラムで、沢山の方に「さくらおばさん」と呼んで可愛がっていただきました。

ありがとうございました。

今の心境は、まだ一年しかたっていないのかという感じです。もう二年とか三年たった気がする。あっという間だったという意味ではなくて、この一年がとても長く感じました。

年をとると時間がたつのがどんどん早く感じるはずなのに、さくらがいなくなったあと、泣いても泣いても涙が枯れなくて、時間が間延びして感じました。

そうは言っても大人なので、毎日めそめそしていたわけではなくて、それなりに仕事をしたり、好きなことをしたり、楽しく過ごしてはいました。

さくらがいた頃は泊りがけで出かけるとき、家族やペットシッターさんに前もって頼まなくてはならなかったので、この一年はあちこち気楽に出かけられて、それはそれで解放感がありました。

去年、インスタグラムには少し書いたのですが、さくらが体調を崩したのは2月の頭でした。

亡くなったのが3月の終わりなので、約二か月の闘病生活でした。闘病と言っても治療が一時うまくいって、かなり元気になった時期もありましたし、痛いとか苦しいとかの症状は幸いないようでした。

本格的に寝込んだのは最後の一週間くらいで、その二か月、動物病院に点滴に通う以外は、家でいつも通りのんびり過ごしていました。

量は減りましたがご飯も食べて、水も飲んで、自分の足で歩いてトイレにも行っていました。

それどころか夜になると、私のベッドにぴょんと飛び乗って寝ていました。

さくらは子供の頃からずっと病気らしい病気をしたことがなく、体が強くて、とにかく元気で健康な猫でした。

体だけではなくて気も強くて、獣医さんに長く触られると、野生の山猫みたいに怒って手がつけられなかった。

通っていた獣医さんが、もっと高度な治療ができる大きい病院で検査する方法もあると言って下さったのですが（さくらがエコー検査を嫌がってはっきりはしなかったのですが、三臓器炎ではないかということでした）、でも長い移動時間と、慣れない病院への通院で、さくらの最後の時間を苦痛ばかりにしてしまうことがいいこととはどうしても思えなかった。

今でも時々、もし高度な治療を受けていたら、もう少し生きられたのかもしれないと思うこともあります。

あまりに病院嫌いなので、いつの間にか年に一度の健診にもあまり連れていかなくなっていて、それも時々後悔してしまいます。

でもやはり仕方なかったのだ、最後の二か月、さくらになるべく苦しい思いをさせず、穏やかに過ごさせてよかったという気持ちが大きいです。

私のベッドに上り下りできなくなった最後の10日間は、リビングに布団を敷いてさくらと一緒に寝ました。

さくらはただの三毛猫なのですが、私にとって、親友で姉で妹で娘で、母親みたいな、恋人みたいな存在でした。

いなくなってしまって淋しいです。

でもさくらと過ごした楽しい時間や、ほわほわであったかい体の重みは、私の生涯でものすごく貴重な宝物になりました。

さくらがいてくれてよかった。

さくらが幸せだったかどうかは、相手は猫だからわかりませんが、少なくとも私のことを好いてはいてくれたと思います。

また生き物と暮らして、いつかその子を看取るのかと思うと、つらくてつらくて仕方ないので、この先猫と暮らす日が再びくるかどうかはわかりません。

でも猫や犬や、小さき生き物が私は人間よりも好きなことは確かです。

この一年、思う存分めそめそしたという不思議な充足感があります。

さくらのお骨はまだ家にあって、一生手放せないのではないかと思っていたのですが、今年、庭の工事をすることになったので、そのときお骨を埋めて何か花の咲く木を植えようという気持ちに今はなっています。

みなさまのお家の可愛い生き物たちが、幸せな一生を送れますように。

＊ここからは追記です、重複も多くてすみません。

亡くなったときのインスタも貼っておきます。

そういえば、さくらの呼び名ですが、最初は「さくちん」と呼んでいたのが、途中から「さくらおばさん」になったのは、ある日、さくらが自分より年上になったなと感じたからです。なんか目上のひとみたいな存在になりました。

でも晩年、実は私はさくらを「さくっちょ」と呼んでいました。それは老いたはずのさくらがなんだか赤ちゃんみたいにピュアになったなと感じたからです。

呼び名がどんどん変わるのって、なんだか愛。

何か動物をそろそろ飼わないの？　と聞かれることもいまだに多いです。

人間よりも動物のほうが明らかに好きだし、猫や犬やその他の生き物を見かけると無条件に心がときめくし温かくなるのですが、その死を看取る勇気が三年たった今でもまだ出ない、というのが正直なところです。

なんか淋しい話になってしまいましたが、さくらや歴代の猫と犬が私にくれた時間は本当にきらめいていて、思い出すにつけ、あー可愛かった、あー大好きだった、心が通じ合っていた、と思い出します。

いつかまた、ふかふかしている小さきもの、いや、ふかふかしてなくて大きなものでもいいので（牛とか？）、一緒に暮らせることがあったらと思います。

4月13日

拙著『あなたには帰る家がある』が地上波で連続ドラマになります。

発表から二カ月、ＴＢＳが大々的に宣伝を打ってくださったので、読者の皆様にもお知らせが行き渡ったことと思われます。

改めて申しますが……、びっくりしますよね！　私が一番びっくりしています。

だって書いたの25年前ですよ。25年って四半世紀ですよ。

（四半世紀以上前から自分が小説書いていることにも驚きますけど）

それもＴＢＳの伝統ある金曜ドラマですよ。

この前まで「アンナチュラル」をやってた枠ですよ。

制作の方々もキャストの方々も主題歌の方も、これ以上はないというくらい超豪華。

なんで私の大昔の本が、何の前触れもなくこんな煌びやかなことになるのか。びっくりしすぎて、は～生きてるとこんなことがあるんですね～となんだか他人事のように思います。

あ、でも他人事ではないので、本当はすごくすごく嬉しいです。

なんでいま、特に活躍感もない古い作家の古い本が？　という疑問は、私にも実は答えがわからないので、それぞれご想像なさってくださいませ。触りやすかったっていうのはあるかもしれませんね。

でも触って頂けてよかったと思っています。

さて、『あなたには帰る家がある』を書いたのは、少女小説から一般文芸に移行後、小説の単行本としては四作目で、まだまったくの無名の頃でした。

依頼原稿ではなく持ち込みです。

雑誌の仕事がないため原稿料もなく、もちろん食べられなくてアルバイトをして生活していました。

そしてこの本でブレイクした、ということもなく、まあと五年くらいは貧乏なままでした。

よく順風満帆だったと誤解されるのですが、私は『恋愛中毒』までは全然売れなかった。その『恋愛中毒』だって初版は淋しいものでした。

そんな話で申し訳ありませんが、やはりこの本の思い出というと、「頑張ったけど売れなかったな！」ということに尽きるので。

取材費なんかもちろん出ませんから、取材もすべて知り合いに頼み込み、ご厚意で話を聞かせてもらいました。あとは図書館で本を借りて勉強したりです。

30歳の私、よく頑張った！

そのときのご褒美を55歳で貰うとは驚きです。原作料、30歳の私に仕送りしたいです。

しょぼいことばかり言いましたが、実は私は映像化にはとても恵まれていまして、『パイナップルの彼方』が単発ドラマに、『ブルーもしくはブルー』と『恋愛中毒』

が連続ドラマになっています。『あなたには帰る家がある』も一度単発ドラマになっているのですが、私には教えてもらえない大人の事情で、完成したのにオンエアされませんでした（数年後にBSで放送されたそうです）。

そして、『群青の夜の羽毛布』は映画化されています。

その映画では若き日の玉木宏さんがヒロインの恋人役で出演されていました。

最近では短編集『プラナリア』に収録されている『どこかではないここ』がテレビアニメ化され、木村多江さんがヒロインを演じてくださいました。

こう書いてみると、いろいろと感慨深いです。

映像化は、もう新刊でなくなった既存の本を再び沢山の方に手に取って頂けるチャンスなので、大変にありがたいことです。

それは本当です。

でも『ブルーもしくはブルー』や『恋愛中毒』のとき、私は嬉しい半面、オンエアを見て「これは違う……」と思ったことも事実です。

というのは、やはり小説って、細かいところも妥協なく、長時間かけてひとつの世界観を緻密に練り上げてゆくもの。

たとえばですが、私が類型的にならないように作り込んだ複雑な人物造形や読後感を、みんな笑顔の前向きハッピーエンド、みたいにされてしまうのはどうなの……、という気持ちも正直持ったりしました。

でも今思うと、そんなふうにかき乱されたのは、私のほうが未熟だったのでしょう。作品を出版してもらったら、もうそれは子供を成人させたようなもの。

映像化に対してそんなふうに思うのは、大人になって自立した我が子の人生に口を出すようなものだったと最近思うようになりました。

特に『あなたには帰る家がある』は子供どころか、孫のようなものです。

もう本当に何も言うことはなくて、ただただ立派になってとハンカチで涙をぬぐいつつ、テレビの人たち本当にありがとうございます！　と柱の陰から見守る気持ちです。

というわけで、今回、脚本も読んでいません。

(企画段階で頂いた、とても丁寧なプロットは読ませて頂きました)

いち視聴者として、現代的な装いになった『あなたには帰る家がある』を心から楽しみに、毎週末、テレビの前に座りたいと思っております。

どうぞ皆様も、ドラマ、楽しんでくださいね！

2019

4月19日

ずっとフェイスブックは見るだけで書いていなかったのですが、たまには書いてみます。

テレビであんまりしつこく平成を振り返っているので、つられて自分の平成史を振り返ってみました。

平成元年は、コバルト作家となって二年目。年に四冊本を出してくれるという今からは考えられないような好待遇。

その後、今日までの間に出版は単著32冊（文庫除く）、共著&アンソロジー3冊。

引っ越しは9回、不動産購入4回（3回売却）、入院6回くらい。

2011年に家を建てたことで不動産衝動はすっかり落ち着きました。といっても東京にまだワンルームを借りているのですが。

令和になっても、細々と今の仕事をして、今の家でのんびり暮らしていたいです。

2020

8月12日noteより

7年ぶりに新刊が出ます

お久しぶりです。

皆様お元気ですか。私は元気です。

こちらnoteのアカウントは放置気味だったのですが、7年ぶりに小説の新刊が出ることになり、宣伝モード強化期間ということで、少しマメに更新していこうと思います。まだnoteの機能がよくわからないので、記事を書きつつ覚えたいです。

どうぞよろしくお願いいたします。

私の場合、本当にたまにしか本が出ないので、普段何をしているのか謎ですよね。でもすこーしずつ、すこーしずつ、原稿を書いてはいたんですよ。

で、やっとこの度、「小説新潮」という小説誌で三年以上連載していた原稿がまとまって刊行されることになりました。

「小説新潮」で読んで下さった方は極少だと思いますが、連載終了後その原稿を削って削って、その上で大幅に物語の後日談を書き足すという、怠け者の私にしては手の入れ方が半端ない仕上がりです。

なので連載で読んでいて下さった奇特な方にも楽しんで頂けると思います。

それにしても、我ながら刊行が7年ぶりということに驚きますが、前作の『なぎさ』という長編小説は15年ぶりだったので、それよりは早くできたのでよかったです（よかった探し）。

新刊のタイトルは『自転しながら公転する』です。

SFっぽいタイトルですが恋愛小説です。いや、恋愛小説と言い切れるのかはわかりませんが、ジャンル的に他に思いつかないのでそういうことで。

前作『なぎさ』は家族の小説でしたが、今回はパートナー選びの話です。『なぎさ』も長かったのですが、それよりもさらにボリューミーになりました。

詳細は少しずつツイッターやインスタグラムでお知らせできると思います。

ｎｏｔｅでは情報というよりは、雑談的なことを書けたらと思っております。

ではまた近いうちに～。

8月15日

インスタグラムを見ていて下さっている方は私の毎日がどんなふうかご存知のことと思います（だいたいコーヒー飲んだりお菓子食べたりだけですが）。

でもインスタもツイッターも短文で断片的で匂わせ要素が多いので、noteではそのあたりを補足的に書いていけたらと思います。

ちなみにインスタは日記寄り、ツイッターは宣伝寄りな感じでやっています。

たぶん東京に住んでいるイメージがあると思うのですが、今は長野県に住んでいます。２００６年あたりからじわじわと準備して、２０１１年に家を建て、住民票も移しました。夫は長年勤めた東京の会社を昨年退職し、一緒に長野の家に住んでいます。

横浜の実家に高齢の親が住んでいるので、そこと行ったり来たりの暮らしです。

なんで長野県？　というお話はいつかまた。

そして、病気で休んでいた、という印象も大きいと思うのですが、ずいぶん前からすっかり元気です。

仕事は少しずつしかしていませんが、それは体調とは関係なく、どちらかというと性格によるところが大きいと思います。この話もまたいつか。

あと近況ってなんだろう。

今年のトピックスといえば私だけではなくて全世界的にコロナ禍ですが、五月の刊行予定だった新刊が感染拡大の影響を受けて延期になり、なんだか気が抜けてぼんやりと過ごしていました。

そして九月末に刊行が決まり、今は細かい打ち合わせや、取材をして頂いたりで毎日意外とやることがあって、あんまりぼんやりしていられないという感じです。

ええと、あとは……、意外と近況って何を書いたらいいかわからないな。もし何か聞きたいことがありましたら、各SNSを通じてよろしくお願いします。

ではまた近いうちに〜。

8月26日

7年間も何をしていたのか

さて、長かった連載が終わって新刊が出せる目途がたったとき、久しぶりに本が出るなー、いつぶりかなーと数えてみたら、7年ぶりだということがわかって自分でもびっくりしました。

「え？　7年も私って何してたの？　一冊分の小説書くのって7年もかかる？」と手帳と日記をめくって何をしていたか振り返ってみました。

そのときのメモを元にこの7年をお知らせいたします。

2013・後半　前作『なぎさ』刊行
『自転しながら公転する』の取材を始める
2014・前半　『自転公転』書き下ろし作品として書きはじめる
2014・後半　『自転公転』冒頭100ページを担当編集者に渡す
2015・前半　担当編集者が亡くなる
2015・中盤　私も版元の皆さんもショックで打ちひしがれる
そんな中、父親が体調を崩し入退院を繰り返す
2015・後半　版元から連載で続きを書きませんかとご提案受ける
唐突にピアノを習い始める
2016・前半　「小説新潮」にて『自転公転』連載スタート（連載は2016年1月号～2019年5月号）

２０１６・中盤　入退院を繰り返した末、父亡くなる
父のことで睡眠不足で倒れそうな中「ポケモンＧＯ」にドはまりする
２０１６・後半　連載と父亡きあとの事務処理と
ピアノと「ポケモンＧＯ」に明け暮れる
２０１７・前半　飼い猫さくらが体調を崩し介護の日々、３月にさくら亡くなる
２０１７・中盤　悲しみのあまりピアノの練習に力が入り上達してしまう
２０１７・後半　連載原稿とピアノの日々、ポケモンに飽きる
２０１８〜２０１９　連載とピアノ、平和な毎日が戻る
２０１９・５月号で連載終了
２０１９・後半　家の大リフォームでピアノの練習ができなくなり、レッスン休止、
連載原稿を加筆修正
２０２０・年明けに『自転公転』の原稿が手を離れる
ハワイで羽を伸ばす、５月に刊行予定が立つも、コロナ禍で延期、ピアノは休みっぱなし

この7年はこんな感じでした。結構いろいろやってるじゃん。担当編集者、父、猫と身近なひととの別れが続けてあったのですが、『自転公転』の連載とピアノに救われた7年でした。

急にピアノを習い始めたのは、一度「楽しいことがひとつもない。わたし今、なーんにも楽しいことがないし、この先もいいことなんかひとつもない！」というヤバい気持ちになって、楽器でも習わなくちゃやっていられなくなったのです。

えっと、それじゃわかんないですよね。でも弾けなかった楽器が弾けるようになると本当に楽しいんですよ。この話はいつかまた。

父の話はとてもここでは語り切れず、今でも父に対して「てめー、このやろー、えぇかげんにせえや！」と思っていて、一連のドタバタが今となっては笑えることばかりなので、いつか作品に落とし込めたらと思っています。

しかし、あんなにのめり込んだピアノ、今は触ってもいません。

また習いに行きたいのですが、実は先生がとっても厳しくて、五十の手習いの私にそんなに厳しく指導しなくてもというくらいビシビシやる人で、そのおかげで急速に上達したのですが、今度はできれば優しい先生に習いたい（本音）……。

ではまた近いうちに！

9月3日

うつ、その後

この前近況で「うつで休んだりもしたけれど私はげんきです。」というようなことを書きましたが、もうちょっとそのあたりを聞きたいというような雰囲気をキャッチしたので、空気を読んで書いてみますね。

うつ闘病日記である『再婚生活』（角川文庫）という本で、私は「寛解」という言葉を使ったかどうか覚えていないのですが、今の状態もそのような感じと言っていいでしょう。

歯切れの悪い表現をしたのは、実は文庫版『再婚生活』、出版にあたりゲラ読み作業をしたのを最後に読み返していないので、記憶に霞がかかっているのです。

どうして読み返していないのかというと、読みたくないからですねー。

商品として売っておいて、書いた本人が読みたくないってまったく失礼な話ですよね！　本当にごめんなさい。伏してお詫び申し上げます。

あのこれ『再婚生活』に限らず、エッセイは他のものもほとんど読み返していないんです。

ほんの時折、重版がかかって見本が送られてきたときに魔が差してちょっと読んでしまうと、わーー！　と叫んで壁に本を投げつけたくなります（実際は丁寧に本棚へ仕舞います）。

その「わーー！」がどんな「わーー！」かと言うと、飲み会とかで調子に乗って喋り過ぎてしまって、翌朝「あんなにベラベラ自分のことばっかり喋るんじゃなかった、昨日を消したい！」と狂おしく後悔するようなそんな気持ちです。

小説は全編にわたって嘘なので、そこまで後悔することはないのですが、エッセイはつらい……。

というわけで『再婚生活』でどこまで書いたかうろ覚えなのですが、病状としてはあとがきを書いた時とあまり変化はないような気がします。

病状、という言葉を使うと、なんかまだ病んでらっしゃる？　と思われそうですが、今も一か月に一度通院し、軽い薬を処方してもらっているのでそう表現しました。

軽め安定剤＆軽め入眠剤に加え、時折軽めの漢方薬やアレルギー薬を出してもらい、定期的に基本的血液検査。今となってはかかりつけ医のようなものですね。

病の最中に下落した体力ですが、今は一時間くらいのウォーキングはなんてことないし、月に数回長野県と神奈川県を往復しているし、海外旅行も行けるくらいなのでかなり大丈夫な感じです。

しかしいつからこんなに体力回復したんだっけと振り返ると、確か２０１０年に友人と京都旅行をしたとき、私があまりにも歩くのが遅かったようで「この人まだ体調が悪いのかも」と心配された思い出があります。２０１０年の時点ではまだ万全とは言えなかったのかも。

ですが歩くのは今でも遅いかもしれない。山登りとか、音楽フェスとかはつらいです。ランニングも無理目。でもそれはうつの後遺症なのか単なる老化なのか、その境目は不確かです。

まだうつが治りかけの頃に一番ぞっとしたのは、うつは再発することが多いという都市伝説です（いや伝説ではなく本当らしい）。

でも生きていればストレスはあるのが当たり前なので、ストレスを失くすというよりは、受けたダメージに敏感になろうとその時心底思いました。

私は気を付けてあげないとすぐエンストするポンコツな車である。でも人生で与えられた乗り物はひとつなので、この車に乗っていくしかないというイメージです。

毎月ボンネット開けて点検しちゃう。

ストレスが体にダメージを与え始めると、私の場合は呼吸、歯茎、首に出ます。あと入眠が下手な上に睡眠不足に弱いので、そこにも非常に気を付けています。

二度とうつっぽくなりたくない、そのためなら何でもする、くらいの気持ちです。

だって、うつ、つまんないから！

本当につまんないよ、うつ！　来る日も来る日も憂鬱なんだよ、うつ！

いま人々がコロナに気を付けているくらいに、私はうつにも気を付けています。どんなに気を配っていてもかかることがあるのが病気だけれど、できる予防はしていこうと思っています。

ではまた近いうちに！
※追記
先ほどエッセイを読み返すと「わー！」となると書きましたが、それは自分のことだからそう思うのであって、他の作家さんの赤裸々な告白本は大好物です！

エッセイに限らずフィクションでも、書いた人が「あんなことまで書かなきゃよかった」と後悔するくらいのもののほうが迫力があって面白いのは事実なんですよね……。それは自分が小説と向き合うときいつも思う悩ましい点です。

9月6日

アホほど気が散る

突然関西弁ですすみません。

夫が大阪ネイティブなので、西の言葉は自分では喋らないものの耳馴染み（みみなじ）はいいほうです。でもタイトルの「アホほど」という表現は夫からではなくて、たぶん関西の芸人さんがテレビでよく言っているのを聞いて、いつの間にか自分辞書に登録されたものだと思います。

いま夫は大阪ネイティブだと言いましたが、実は普段まったくと言っていいほど関西アクセントになりません。隅々までゆるみのない完璧（かんぺき）な標準語なのに、関西言葉の方と話すときだけ急にベラッベラの大阪弁になってぎょっとします。

大阪のお義母（かあ）さんから電話がかかってくると、今の今まで標準語で会話していた夫が急に「そらあかんやん、はあ？　なに言うてんねん、アホか、そんなん知らんわ〜」とかご機嫌で喋っている。生まれも育ちもバリバリ首都圏でひとつの言語しか使えない私はその豹変（ひょうへん）ぶりにあっけにとられます。

そして、関西弁って深刻さが薄れるな、といつも思います。

いや、関西弁、恐い人が喋ったらめっちゃドスが利いて恐いんですが、普通のひとの普通の関西弁は、関東言葉で育った私にはシリアスさをぼかした（失礼を承知でいうと、ふざけている）言葉に聞こえるんですよ。

ところで。

私はスマホのメモ機能に『悩みメモ』というのをつけていて、たとえば「どこに置いても靴がカビる」とか「ドライアイがひどくてスマホが見づらい」とか「老後資金が不安」とか箇条書きにしてあります（解決したらひとつひとつ消していく）。

そこに書く悩みを関西弁にすることを、夫の関西弁を聞きながらふいに思い付いたのです。

たとえば最近書いたのは「アホほど気が散る」。

私はとにかくすぐ気が散るんです。

集中力が小さじ1／4くらいしかなく、たとえば洗濯物を畳んでいてふと喉の渇きを覚え、あ、そういえばもう麦茶がほとんどなかったんだ作んなきゃ、と立って行って冷蔵庫を開けてポットを出したところで、あ、夕飯に使う肉を解凍しなきゃと冷凍庫を開けると買い置きしてあったアイスクリームの最後の一個を見つけ、取り出してソファに座って食べだしたり。

でもこのアイスって今日の分の原稿ができたら食べようって思ってたんだよな、先に食べちゃったからとにかく原稿はやらなきゃ！　と空のカップをテーブルの上に放置したまま仕事部屋へ急行し、パソコンを立ち上げると編集の方からメールがきていて、私は仕事が遅いのでせめてメールくらいは素早く返そうと常々心がけており、速攻で返信。

そしてネットにつないだついでにインスタグラムやツイッターをチェックし、読者の方からリプライきていて超嬉しい！　とノリノリで返信し、ツイッターに上がっているオモシロ漫画を読んでにやにや笑い、その後炎上している案件が目に入ってついクリックしてしまい、あいかわらず世界には酷い話が溢れているなと胸が濁り、そうだ、人の噂話で腹を立てている場合ではなく最近再開したｎｏｔｅの記事を書かなきゃなとｎｏｔｅを開いて今に至る
というようなことを延々と続けているのです。

こんなものはマルチタスクとは言えない。これはただのやりっぱなし。

このとっちらかった感じが若い時から、酸いも甘いもかみ分けたはずの50代後半の現在までずっと続いています。

頭悪すぎる。もうちょっと落ち着いてひとつひとつ物事をクリアしていったらどうなのだ、と先日かなり思い詰めて『悩みメモ』につけようとしました。なんて書こうか、そうだ、「アホほど気が散る」。

そう入力して眺めているうちに、なんか急に可笑(おか)しくなってきて「あたい、アホほど気が散ってるやん！」と声に出して言ってみたらさらによく、お気に入りフレーズになりました。

子供のときからずっとずっとアホほど気が散って、勉強しようとしても気が付くとすぐ漫画を開いていて、大人になっても変わらず気が付くと漫画を開いて、生業(なりわい)の小説もひと月に四百字詰め二十枚くらいしか書くことができず、ただくよくよしている時間のほうが長くて、何もかも中途半端にしか出来なかったけれど、なんとなくここまで死なずに生きてきた。

アホほど気が散りマンにしては頑張ったほうちゃう？

そう思ったら放置された洗濯物も麦茶ポットも生ぬるくなった肉もネット徘徊(はいかい)で飛んでしまった仕事の時間も、まあいいかという気になったのでした。いや、よくないんですけど。知らんけど。

10月11日

近況

こんにちは。ｎｏｔｅではお久しぶりです。

この前ｎｏｔｅの記事を書いたのが九月の上旬で、一カ月以上間が空いてしまいました。

その間に、新刊『自転しながら公転する』（新潮社）が無事発売になりました。素早く買って下さった方も沢山いらして、とても嬉しいです。ありがとうございました！

というわけで、この一カ月、私は新刊の宣伝活動に明け暮れておりました。

新刊のパブリシティというと、通常の状態でしたら版元の会議室に通い、各媒体から取材して頂いたり大量のサイン本を作ったりするところなのですが、時はコロナ禍、そのほとんどの作業を自宅に居ながらにしてこなしておりました。

取材のほとんどがリモート。ラジオ出演さえもリモート（羽田圭介さんパーソナリティのラジオ生番組だけ赤坂のＴＢＳへ行きました）。

この『自転しながら公転する』は7年ぶりの新刊、しかも自分史上一番ボリューム

のある長編ということで私としては非常に力を入れていて、本来なら書店さんまわりやサイン会やイベントなどを行いたいと思っていたのですが、それはやはりこのご時世では無理目……。

それならばと書店さん向けの色紙やお手紙などを沢山書かせて頂き、サイン本が足りないと言われれば「へい！　喜んで！」と威勢のいい居酒屋店員のように瞬時に書いて送りました。

そして編集の方との膨大なメールのやりとり、SNSに張り付いて新刊についての情報をわーわー言っては、ご感想をいいねしたり、リツイートしたり（SNSやりすぎじゃないのと身内に注意されてしゅんとしてみたり）の日々。

そんなこんなで、あっという間に一カ月がたってしまいました。

今回、個人のアカウントとは別に公式SNSを自分で作って動かすということをやってみて、思ったこと、学んだことがいっぱいありました。その話はまた後日にでも。

それにしても、自著が出るって本当に嬉しいことです。

もう本当に突き上げるような喜びです。たまにしか出ないので、これほどの喜び、充実感、達成感は、自分の人生において他のことでは味わえないとしみじみ思いました。

私は小説を書く仕事をしていて心から嬉しく楽しい、と思うのはふたつの瞬間のみで、ひとつはプロットを思いついたとき、もうひとつはそれが本になって世の中に出たときです。それ以外の時間はだいたいつらいというか、（作家がこんなこと言ってはいけないのは百も承知ですが）正直億劫です。

小説を書くのが楽しいという作家さんもいて、心から尊敬してしまいます。私は小説を書くこと自体はそんなに心躍ることではないです。好きじゃないとまでは思いませんが、集中力も要るし手間がかかって気が滅入る。でも出来上がったときの達成感が半端なく、とても喜んでもらえることもあるのでそれを励みに続けております。

というように、大変充実した一カ月でしたが、慌ただしさも日に日に薄れ、新刊出たよ祭りも終盤に入ってきたような今日この頃です。

もちろん本が動くのはこれからですし、まだ取材も展開もあると思われますが、私自身が能動的にできることはもうだいたいやったような気がします。

このあとはちょっと旅行へ行ったりして気持ちを切り替え、次の本作りのことなどぼんやり考えていきたいと思います。

11月20日
近況

11月13日に58歳になりました。

当日、本当は新刊『自転しながら公転する』の版元、新潮社さんでインスタライブをする予定になっていたのですが、その三日前にまさかの発熱でダウンしてしまいました。

その日はライブの前に二本も取材が入っていて、何もなければ這ってでも行った局面なのですが、残念ながら時はコロナ禍……。

泣く泣くインスタライブも取材も延期をして頂きました。痛恨です。沢山の方にご迷惑をおかけしてしまいました。インスタライブを楽しみにしていてくださった方々もごめんなさい（インスタライブは11月27日（金）20時より、行うことになりました）。

驚くほどの高熱ではなかったし、嗅覚や味覚に異常はなかったのですが、風邪の典型的な症状があり、その前の週に実は宮古島旅行へ行っていたため、念のため地元の保健所に相談しました。すると、わりとあっさりＰＣＲ検査を受けさせて頂く流れになりました。

私が住んでいる地域は車社会なので、ひとりで車で病院に乗りつけ、車に乗ったまま検査をし、支払いも乗ったまま。これはなんだか安心でした。鼻に綿棒を突っ込まれるのかと思ったら唾液（だえき）での検査でした。唾液が出なくて苦労したという話をネットで読んだことがあって、確かに熱があると口の中がカラカラで必要量の唾液を出すのはちょっと大変でしたが、梅干や好きな食べ物のことを思い浮かべてなんとかしました。結果は翌日に出て、陰性でした。ほっとしました。日記を見ると、私はもともと誕生日のあたりに高確率で発熱しています。たぶん気温差にやられるのでしょう。宮古島の最終日が晴天で、地元の方もこの時期にこんなに暑いことは珍しいと驚くほどでたぶん30度以上あり、その日の夜に長野の自宅に帰ってきたのですが、外気温は6度でした。耳キーンとするわ。

宮古島へは初めて行きました。私はもう海にもプールにも入らないのですが（髪を洗ったりするのが面倒で）、南の島でのんびりするのは大好きです。

名前の知らない花が咲き乱れて、その間を名前の知らない蝶々（ちょうちょう）と鳥がばさばさ飛んでいました。夕方の海辺で、シュノーケリングから帰ってきた家族連れが外のシャワーを浴びているのを見ながら、ひとりでソフトクリームを食べました。

旅行を終えて、次の仕事に向け気持ちを切り替えるつもりでいたのですが、有り難いことに、まだ私は『自転公転』の宣伝中です。

どうも12月まで続く模様。12月に、すごく大きな仕事があります。それが終わったらもう私の２０２０年は終わりです。

12月22日

近況　インスタよりあさイチの件

では「あさイチ」思い出話、ちょっと長いですが聞いて下さい。「あさイチ」プレミアムトーク出演打診があったのは11月上旬でした。打診のメールを読んだとたん、すごくよく観ている番組だけど観るのと出るのは大違いじゃないの！　と本当にかき乱されて、本番までの約一カ月半、不安と自信のなさでキリキリ胃の痛む毎日でした。

でも終わってみれば、私の人生はここがピークだったのではないかというくらいの幸福な出来事だったと思います。

華丸・大吉さん、近江さん、スタッフの皆様が本当に優しく接して下さいました。番組をご覧になって下さった方はご存知と思いますが、とにかくお三人が私の拙い話を拾って笑いに昇華して下さって、テレビの世界でトップを走る方々の凄さをひしひしと感じました。

当日のことを書ける範囲で書かせて頂きますね。

入りは6：30（実際は余裕を持ってもっと早く入りました）、そこからヘアメイクをして頂いて直前打ち合わせをし、8：00にスタジオに入ってそこで初めて華丸・大吉さんと近江さんにご挨拶です。そして本当にみんなで朝ドラを見ながら本番スタートを待ちます。

台本はあるにはあるのですが、そんなに詳細なものではなくざっくりとした構成表で、何もかもがその場でフレキシブルに進行するという感じです。なので、用意をしてありましたがご紹介できなかった写真やエピソードもありました。たとえば手元に創作ノートを用意していてそれを紹介する件もあったのですが、なんか自分で変な話をしだしちゃったりして出番がなかったりです。

ＶＴＲも事前に沢山撮って下さったのですが、本番で使われたのは一部です（このあたりは小説の作り方と似ています。実際出版される本の三倍くらいの原稿を書いているのですが、推敲して密度濃く縮める）。インスタライブの時も撮影に来て下さったのですが、残念ながらオンエアはありませんでした。

本番が始まった瞬間、頭が真っ白になり緊張もピークだったのですが、始まってしばらくすると、隣に華丸・大吉さんがいらして私の方を見て話しかけてくれるのがもう嬉しくて嬉しくて、途中からめちゃくちゃ多幸感が湧き上がってきました。フロアディレクターの方が私のネックレスが裏返しになっているのに気づいて、VTR中にぱっと直しにきて下さり、その瞬間自分がすごく落ち着いたのがわかりました。

いつも見ているテレビに自分が出てみて一番不思議だったのは、現場では出演者の声がマイクを通して聞こえているのではなく、実際その場で話している声なので、スタジオ中には人が沢山いるのにとても静かだということでした。

9：00に五分間のニュースが入るのですが、その時隣に座っている大吉さんがリラックスされている様子だったので、大吉さんと直にお話しできる機会なんてこの先ないだろうと思った私は「大吉さん、毎日何時に起きていらっしゃるのですか？」と尋ねてみました。すると大吉さんは「みんなに驚かれるんですけど6：10なんですよ。3：00とかに起きてると思われてるみたいなんですがギリギリまで寝てます」と教えて下さいました。飲みにいく番組のお話とかも聞かせて下さいました。後半の出演を終えて一度楽屋に戻り、グリーンスタイルの後半あたりから再びスタジオに行ってスタンバイしました。そのとき少し近江さんとお話しできました。スタジオのセットに置いてある置物を見ていたら、これは大吉さんが持ってきた人形、これはさかなクンさんが自分で作って持ってきて下さった魚の置物と教えて下さいました。セットの説明もいろいろして下さり、あとでセットの写真も撮って頂いて大丈夫ですよ、と言って下さいました。

なので本当は自分のスマホでセットの細部を撮りたかったのですが、やはり普通の精神状態ではなかったのでしょう、終わったらもうとにかく帰ることしか頭になくなってしまって、何も撮ることができませんでした。残念！

番組終了後は楽屋も早めに出ないとならないので、ご挨拶もそこそこに局を出ました。

編集さんと、とにかく今日は贅沢しよう！　とホテルのティールームへ行って高いスイーツを食べました。私は恐くてスマホを開くことができなかったのですが、編集の女性がツイッターに上がっていた感想を読んでくれたりして、なんとか無事に終えたのだと少しほっとしました。

その後ひとりになって録画してあったものを観ました。そして、ああこれは私がヨボヨボのおばあちゃんになったとき、死ぬ間際まで誰彼構わず自慢しまくるであろう最高な出来事だったなと実感が湧きました。皆さま、本当にありがとうございました。

番組経由で頂いたメールとＦＡＸは後日コピーを頂けるそうです。届きましたらゆっくり読ませて頂きますね。

(古い友人知人の方々からも沢山のメッセージを頂きました！　ありがとうございました！)

ちなみに私が着ていたワンピースにお問い合わせを沢山頂いたそうでありがとうございました。何を着て出たらいいかわからず、悩んだ末に買った服だったので嬉しかったです。白地にピンクの刺し子生地のワンピースは、プランテーションというお店のものです。

こんなにがっつりテレビに出ることはもうないかもしれませんが、また本の宣伝などでメディアに出ることがありましたら、どうぞよろしくお願い申し上げます。

12月28日　近況

前回11月の近況を投稿後、いやもう、いろいろありました。

いろいろあったと言っても実はトピックは少なく、初インスタライブ、初骨折、初テレビ生出演のみっつだけなのですが、地味に静かに暮らしている私にはひとつひとつが派手で大きいです。

初インスタライブは思ったよりも緊張はせず、とても楽しかったです。

『自転しながら公転する』公式インスタグラムのアカウントにアーカイブが残っているので、ご興味のある方は見てみて下さい。

あ、でも、ずっと私がひとりで喋(しゃべ)っているだけなので、何か作業をしながらラジオ的な感覚で聞いて頂くのがいいかもです。

インスタライブでひとつ残念だったのは、流れていってしまうコメントをあとから読むことができないことでした。読めるような仕様になるといいのにな。

読者さん同士でわいわいできたことが楽しかったとあとから聞いて、私もそのわいわいに混ざりたかったなーと思いました。

そして12月の極めつけは18日（金）に、ＮＨＫ「あさイチ」のプレミアムトークに出演したことです。

と、その前に、出演の数日前の明け方、自宅の階段で足を滑らせて落下し、左足を負傷してしまうという粗忽中の粗忽な出来事もありました。

テレビ出演のため服から靴まで全部新調したというのに、足がパンパンに腫れて靴が入らず、ビルケンのサンダルで出演というがっかりな事態になりました（後日、いつまでたっても腫れが引かないので病院へ行ったところ、レントゲンに写っていなかったところが折れていたことが発覚しました）。

「あさイチ」出演のことは自分のインスタグラムとツイッターにみっちり書いたのでここでは繰り返しませんが、出演打診を頂いてからの約１カ月半、比喩ではなく本当に胃がキリキリ痛んでガスター10を飲む毎日でした（終わったら治りました）。9月に羽田圭介さんのラジオに生出演した時もすごく緊張して、それが終わったあと「私、もう恐いものがない」と思ったのに、さらに恐いものがあるとは思っていませんでした。

しかし終わってみれば、大変に幸せな出来事でした。華丸・大吉さんと近江さん、スタッフの方々に大変優しくして頂き、私のことをあまり知らない、あるいは全然知らない方々にも興味を持って頂きました。

そして『自転しながら公転する』を沢山の方に手に取って頂けました。勇気を出してテレビに出て本当によかったです。足もだいぶ治ってきました。

どうもありがとうございました。

今年はコロナ禍で世界中が大混乱した歴史に残る年になってしまいましたが、そんな中で新刊を出せたこと、その宣伝活動を思い切りできたこと、とても嬉しく、力を貸して下さった皆様には感謝しかありません。

来年は何が起こるのでしょうか。未来のことはわかりませんが、なるべく心穏やかな時間が沢山あればいいと思います。

そして新しい仕事もぼちぼち始めたいと思っております。

皆様、どうぞよいお年をお迎えくださいませ。

2021

1月27日

新しい年になって心機一転、いろいろ頑張っていこう〜という気分の一月のはずが、のっけから緊急事態宣言発出で出鼻をくじかれどよーんとした気分になりましたね。私が住んでいる長野県は緊急事態宣言までは出ていませんが、それでも都会のほうからじわじわ染み出すように感染者数が増えてきて、町は自粛ムードです。

年末年始は、悩んだ末にひとりで横浜の実家へ行きました。毎年元旦は母と映画を観に行くのが父が亡くなってからの恒例行事だったのですが、時節と私の足の怪我と胃の調子があまりよくないのもあって、母と家に閉じこもってごろごろして過ごしていました。

正月が明けてからは、久しぶりにパソコンに向かって原稿を書いたりしました。『自転しながら公転する』が出てから（有り難いことですが）宣伝活動に追われて落ち着いて机に向かうことができず、ＳＮＳではいろいろ書いたりしても、ずいぶん長く原稿というものを書いていませんでした。さすがにこれではいけないとワードを立ち上げてぽつぽつキーボードを叩いてみたりしました。

はー、原稿仕事って地味。そうそう、地味なのが私の仕事としみじみしつつ、パソコンだけがお友達みたいな日々を送り始めた矢先、派手なニュースが飛び込んできました。

『自転しながら公転する』が本屋大賞にノミネート！

わー、派手！　派手!!!　だね!!!　派手もいいけど〜♪（中山美穂）

公式発表の数日前にもちろん出版社経由で事務局さんから連絡があったのですが、自分の他の9作が何なのかは教えて頂けませんでした。「SNSでの匂わせ厳禁」というお達しもあったので、ツイッターなどを見ても喜びを露わにしている作家さんは誰もいませんでした。

そして公式発表の日、ノミネート10作を知り、予感はしていたのですが私がダントツで年上の作家でした。

なんということでしょう、このお局感。若作りに必死なお局OL感。いや、OLっていうか、肩パッドつきスーツをまだ着ている課長代理感。中山美穂の「派手!!!」を歌いたくなってしまうバブル世代感。

咄嗟にそれをツイッターに書きそうになったのですが、いやいや、そんな自虐することないわな、自虐そのものがもう古いのだ、とすんでのところでやめました。応援して下さった読者の皆様、投票して下さった書店員の皆様、本当にどうもありがとうございました！　こんなに華やかな行事に参加できてとても嬉しいです。発表の日まで地味にパソコンの前で過ごします。

受賞の言葉

第十六回中央公論文芸賞
（受賞作　『自転しながら公転する』新潮社）

二十代半ばに文芸の世界の片隅に入れて頂いた時から、いつも私の心にあったことは、自分はこのあとどんなものを書いていくのだろう、何を目指したらいいのだろうということだった。

にも拘わらず、三十代、四十代と年代が進んでいっても、作家として熟成する己のイメージを描くことがまったく出来ず、ただ腕を伸ばして届く範囲にある絵の具で作品を描くような仕事の仕方をしてきてしまったと思う。

しかし、この作品が五十代最後の長編になりそうだと思った時、何故だか「もうこのまま重厚さからかけ離れていてもいい」という勝手ながらも清々しい気分に襲われ、自分の作品の中では楽しんで書けたものになった。すると意外なことに自分の子供くらいの年齢の若い方が沢山手にとって下さった。

住む場所も自分で選択できず、仕事もそれほどプロフェッショナルに徹することが出来ない、きっと現実にいたら年齢のわりに幼稚なヒロインの女性の翼が、私が思っていたよりずっと空高く飛んで、宇宙のとば口あたりまで見せてくれたことに今とても驚いている。

選考委員の皆様、関係者の皆様、そして私の本を読んで下さった読者の皆様、どうもありがとうございました。

受賞の言葉
山本文緒

著作リスト

小　説

きらきら星をあげよう（1988集英社コバルト文庫／1999集英社文庫）
野菜スープに愛をこめて（1988集英社コバルト文庫／2001集英社文庫）
まぶしくて見えない（1988集英社コバルト文庫／2001集英社文庫）
おまえがパラダイス（1989集英社コバルト文庫）
ぼくのパジャマでおやすみ（1989集英社コバルト文庫／1999集英社文庫）
黒板にハートのらくがき（1989集英社コバルト文庫）
踊り場でハートのおしゃべり（1989集英社コバルト文庫）
ドリームラッシュにつれてって（1990集英社コバルト文庫）
校庭でハートのよりみち（1990集英社コバルト文庫）
おひさまのブランケット（1990集英社コバルト文庫／1999集英社文庫）
青空にハートのおねがい（1990集英社コバルト文庫）
シェイクダンスを踊れ（1991集英社コバルト文庫）
ラブリーをつかまえろ（1991集英社コバルト文庫）
アイドルをねらえ！（1991集英社コバルト文庫）
新まい先生は学園のアイドル（1991ポプラ社文庫）
パイナップルの彼方（1992宙出版／1995角川文庫）
ブルーもしくはブルー（1992宙出版／1996角川文庫）

ブルーもしくはブルー　改版（２０２１角川文庫）

きっと、君は泣く（１９９３光文社カッパ・ノベルス）

（改題）きっと君は泣く（１９９７角川文庫）

あなたには帰る家がある（１９９４集英社／１９９８集英社文庫／２０１３角川文庫）

眠れるラプンツェル（１９９５ベネッセコーポレーション／１９９８幻冬舎文庫／２００６角川文庫）

ブラック・ティー（１９９５角川書店／１９９７角川文庫）

絶対泣かない
―あなたに向いてる15の職業（１９９５大和書房）

（改題）絶対泣かない（１９９８角川文庫）

群青の夜の羽毛布（１９９５幻冬舎／１９９９幻冬舎文庫／２００６文春文庫／２０１４角川文庫）

みんないってしまう（１９９７角川書店／１９９９角川文庫）

シュガーレス・ラヴ（１９９７集英社／２０００集英社文庫／２０１９角川文庫）

紙婚式（１９９８徳間書店／２００１角川文庫）

恋愛中毒（１９９８角川書店／２００２角川文庫）

落花流水（１９９９集英社／２００２集英社文庫／２０１５角川文庫）

チェリーブラッサム（２０００角川文庫／２００９つばさ文庫）コバルト文庫の『ラブリーをつかまえろ』を改題・加筆修正したもの

ココナッツ　（2000角川文庫）コバルト文庫の『アイドルをねらえ！』を改題・加筆修正したもの

プラナリア　（2000文藝春秋／2005文春文庫）

ファースト・プライオリティー　（2002幻冬舎／2005角川文庫）

アカペラ　（2008新潮社／2011新潮文庫）

カウントダウン　（2010光文社／2016角川文庫）コバルト文庫の『シェイクダンスを踊れ』を改題・加筆修正したもの

なぎさ　（2013KADOKAWA／2016角川文庫）

自転しながら公転する　（2020新潮社）

ばにらさま　（2021文藝春秋）

エッセイ・共著

かなえられない恋のために　（1993大和書房／1997幻冬舎文庫／2009角川文庫）

そして私は一人になった　（1997KKベストセラーズ／2000幻冬舎文庫／2008角川文庫）

結婚願望　（2000三笠書房／2003角川文庫）

日々是作文　（2004文藝春秋／2007文春文庫）

再婚生活　（2007角川書店）

（改題）再婚生活―私のうつ闘病日記　（2009角川文庫）

ひとり上手な結婚　（２０１０講談社／２０１４講談社文庫）伊藤理佐との共著
残されたつぶやき　（２０２２角川文庫）
無人島のふたり
あと１２０日以上生きなくちゃ日記　（２０２２新潮社）

山本文緒　年表

＊年齢はその年の満年齢なので、11月13日までは1歳下になります。
＊本のタイトルは初出時としました（いくつか改題されています）。

1962（昭和37）年　11月13日

神奈川県横浜市磯子区で大湖家の第二子（長女）として生まれ、すぐに同南区永田山王台に移る。最寄り駅は京浜急行電鉄弘明寺駅。駅から実家までの長い長い坂道を山本は「群青坂」と呼んでいた。

1977（昭和52）年　15歳

横浜市立六つ川小学校、同南中学校を経て、神奈川県立清水ヶ丘高等学校（現・神奈川県立横浜清陵高等学校）に入学。フォークソング部に所属し、バンド「えてらはいはい」を幼馴染と結成する。

1980（昭和55）年　18歳

神奈川大学経済学部経済学科に入学。落語研究会に所属。高座名は「則巻家あられ」。

1984（昭和59）年　21歳

財団法人　証券保管振替機構に新卒で就職。

1987（昭和62）年　24歳

初めて応募した小説「プレミアム・プールの日々」でコバルト・ノベル大賞佳作を受賞。

1988（昭和63）年　25歳

5月『きらきら星をあげよう』を集英社コバルト文庫から刊行。6月同法人を退職。8月『野菜スープに愛をこめて』（同）、10月に入籍、初めて実家を出て川崎市高津区に移る。11月『まぶしくて見えない』（同）。

1989(平成元)年

26歳

2月『おまえがパラダイス』(同前)、4月『ぼくのパジャマでおやすみ』(同)、7月『黒板にハートのらくがき』(同)、10月『踊り場でハートのおしゃべり』(同)。

1990(平成2)年

27歳

1月『ドリームラッシュにつれてって』(同前)、4月『校庭でハートのよりみち』(同)7月『おひさまのブランケット』(同)、10月『青空にハートのおねがい』(同)。

1991(平成3)年

28歳

1月『シェイクダンスを踊れ』(同前)、4月『ラブリーをつかまえろ』(同)、8月『アイドルをねらえ!』(同)、『新まい先生は学園のアイドル』(ポプラ社文庫)。

1992(平成4)年

29歳

1月『パイナップルの彼方』(宙出版)、この作品から一般文芸に移行する。9月『ブルーもしくはブルー』(同前)、9月ドラマ『パイナップルの彼方へ』がフジテレビ系列で放映(主演・富田靖子、原作・『パイナップルの彼方』)。

1993(平成5)年

30歳

7月『きっと、君は泣く』(光文社)、12月『かなえられない恋のために』(大和書房)。

1994(平成6)年

31歳

6月に協議離婚。8月『あなたには帰る家がある』(集英社)。大手小説誌に短編を発表するようになる。

1995(平成7)年

32歳

2月『眠れるラプンツェル』(福武書店)、3月『ブラック・ティー』(角川書店)、5月『絶対泣かない—あなたに向いてる15の職業』(大和書房)、11月『群青の夜の羽毛布』(幻冬舎)。

1996(平成8)年 34歳

1月『みんないってしまう』(角川書店)、5月『シュガーレス・ラブ』(集英社)、同『そして私は一人になった』(KKベストセラーズ)。この頃から心療内科に通いはじめる。

1997(平成9)年 35歳

10月『紙婚式』(徳間書店)、11月『恋愛中毒』(角川書店)。

1998(平成10)年 36歳

3月、『恋愛中毒』で第20回吉川英治文学新人賞受賞。5月、同作が第12回山本周五郎賞候補作となる。10月『落下流水』(集英社)。この頃からコバルト文庫が集英社文庫として復刊されるようになる。

1999(平成11)年 37歳

1月、ドラマ『恋愛中毒』(主演・薬師丸ひろ子)がテレビ朝日系列「木曜ドラマ」枠で放映。4月、神田川の桜の下で、飼い猫さくらと出会う。5月、『結婚願望』(三笠書房)、『落下流水』が第13回山本周五郎賞候補作となる。10月『プラナリア』(文藝春秋)。

2000(平成12)年 38歳

1月、『プラナリア』で第124回直木賞受賞。この頃から短編を原作とするコミックや長編の韓国語版、中国語版が刊行されるようになる。

2001(平成13)年 39歳

3月、担当編集者と再婚、新婚旅行はハワイ。しかしお互い独身時代の新居があったので別居婚となる。9月『ファースト・プライオリティー』(幻冬舎)。10月、映画『群青の夜の羽毛布』(主演・本上まなみ)公開。

2002(平成14)年

2003年（平成15年） 40歳

3月、精神科に初めてひと月入院する（うつの詳細は『再婚生活』に詳しい）。6月、ドラマ『ブルーもしくはブルー〜もう一人の私』（主演・稲森いずみ）が「NHK夜の連続ドラマ枠」で、12月、ドラマ『あなたには帰る家がある』（主演・斉藤由貴）がBSフジで放映される。「女による女のためのR-18文学賞」（新潮社主催）の選考委員を唯川恵、角田光代らとつとめる（第1回〜10回）。

2004年（平成16年） 41歳

4月『日々是作文』（文藝春秋）。5月、夫介護休職をとり、12月に会社復帰。

2005年（平成17年） 42歳

3月、夫と小笠原旅行、4月、胆石で胆嚢を摘出する。これをきっかけに酒と煙草をやめる。

2006年（平成18年） 43歳

2月、夫の家族と奄美大島旅行、6月、河口湖のテニスコートでうつが治った感覚を得る。この頃、再婚生活の雑誌連載を再開し、8月、再び小説を書き始める。12月、軽井沢のマンションを仕事場として購入。

2007年（平成19年） 44歳

5月『再婚生活』（角川書店）。

2008年（平成20年） 45歳

7月『アカペラ』（新潮社）。

2009年（平成21年） 46歳

12月、大湖家と夫婦で台湾旅行。

2010(平成22)年 47歳
1月、Twitterデビュー。8月、漫画家・伊藤理佐との共著『ひとり上手な結婚』(講談社)。野性時代フロンティア文学賞(角川書店主催)の選考委員を池上永一とつとめる(第1回～第5回)。

2011(平成23)年 48歳
2月、フェイスブックデビュー。7月、「女によるおんなのためのR-18文学賞」の過去受賞者らと東日本大震災復興支援・チャリティ同人誌プロジェクトを立ち上げ、電子書籍『文芸あねもね』に「子供おばさん」を発表。12月、軽井沢の一軒家(月輪荘)が完成する。

2012(平成24)年 49歳
3月、スマートフォンデビュー。

2013(平成25)年 50歳
10月『なぎさ』(KADOKAWA)。

2014(平成26)年 51歳
3月、沖縄の美ら海水族館を2日かけて堪能する。5月、ミクシィ日記を終える。

2015(平成27)年 52歳
2月、『自転しながら公転する』の初代担当編集者が亡くなる。

2016(平成28)年 53歳
2月、取材を兼ねて、夫とホーチミンを旅行する。都心のピアノ教室に通い始めたので3月、電子ピアノを軽井沢に購入。8月、実父、81歳で亡くなる。

2017(平成29)年 54歳
3月、飼い猫さくらを横浜の実家で看取る。

2018(平成30)年　55歳

4月、ドラマ『あなたには帰る家がある』（主演・中谷美紀）がＴＢＳ系「金曜ドラマ」枠で放映。

2019(令和元)年　56歳

6月、夫が早期退職する。

2020(令和2)年　57歳

1月、新婚旅行以来18年ぶりにハワイを8日間旅行する。4月から軽井沢で夫と初同居生活。9月、コロナ禍で延期された『自転しながら公転する』（新潮社）が刊行される。11月、Ｇｏ Ｔｏキャンペーン利用で宮古島を旅行する。12月18日、ＮＨＫ朝イチに生出演。

2021(令和3)年　58歳

1月、『自転しながら公転する』が本屋大賞にノミネートされる。4月、検査ですい臓がんのステージ4が発覚、余命は4〜6か月と宣告される。5月、同作が第27回島清恋愛文学賞受賞。6月、抗がん剤治療をやめ、自宅での緩和治療に専念する。8月、同作が第16回中央公論文芸賞を受賞。

9月『ばにらさま』（文藝春秋）。

10月13日、すい臓がんにより軽井沢の自宅で死去。享年58。

11月、小説新潮で山本文緒追悼特集。

2022(令和4)年

4月22日、帝国ホテル（光の間）で「山本文緒さんを偲ぶ会」を開く。

9月『残されたつぶやき』（角川文庫）。

10月『無人島のふたり　あと１２０日以上生きなくちゃ日記』（新潮社）。

初出

たとえ小説が書けなくてもいい　「婦人公論」２００７年12月７日号

愛情をラッピング　「ＣＲＥＡ」２００８年２月号

『小公女』　「ａｓｔａ」２００８年９月号

あの日にタイムスリップ　「小説すばる」２００９年３月号

山本文緒の口福　（『作家の口福』〈２０１１年２月／朝日文庫〉所収）

感受性の蓋　「小説新潮」２０１１年８月号

「二番目に高い山」　機関紙「神奈川近代文学館」第１１５号　２０１２年１月

一週間で痩せなきゃ日記　（『作家の放課後』〈２０１２年２月／新潮文庫〉所収）

普通でない温泉旅　ファンケル情報誌「ＦＡＮＣＬ ＥＳＰＯＩＲ」２０１３年６月号

ご破算で願いましては　ファンケル情報誌「ＦＡＮＣＬ ＥＳＰＯＩＲ」２０１４年１月号

憧れと共感　「小説 野性時代」第１４６号　２０１６年１月

受賞の言葉　第十六回中央公論文芸賞　（『自転しながら公転する』新潮社）２０２１年10月

本文写真・遺族提供

本文デザイン・大原由衣

残されたつぶやき

山本文緒

令和4年 9月25日 初版発行
令和5年 11月30日 5版発行

発行者●山下直久

発行●株式会社KADOKAWA
〒102-8177 東京都千代田区富士見2-13-3
電話 0570-002-301(ナビダイヤル)

角川文庫 23326

印刷所●株式会社暁印刷
製本所●本間製本株式会社

表紙画●和田三造

●お問い合わせ
https://www.kadokawa.co.jp/（「お問い合わせ」へお進みください）
※内容によっては、お答えできない場合があります。
※サポートは日本国内のみとさせていただきます。
※Japanese text only

ISBN 978-4-04-112805-3 C0195

JASRAC 出 2205200-305

角川文庫発刊に際して

角川源義

第二次世界大戦の敗北は、軍事力の敗北であった以上に、私たちの若い文化力の敗退であった。私たちの文化が戦争に対して如何に無力であり、単なるあだ花に過ぎなかったかを、私たちは身を以て体験し痛感した。西洋近代文化の摂取にとって、明治以後八十年の歳月は決して短かすぎたとは言えない。にもかかわらず、近代文化の伝統を確立し、自由な批判と柔軟な良識に富む文化層として自らを形成することに私たちは失敗して来た。そしてこれは、各層への文化の普及滲透を任務とする出版人の責任でもあった。

一九四五年以来、私たちは再び振出しに戻り、第一歩から踏み出すことを余儀なくされた。これは大きな不幸ではあるが、反面、これまでの混沌・未熟・歪曲の中にあった我が国の文化に秩序と確たる基礎を齎らすためには絶好の機会でもある。角川書店は、このような祖国の文化的危機にあたり、微力をも顧みず再建の礎石たるべき抱負と決意とをもって出発したが、ここに創立以来の念願を果すべく角川文庫を発刊する。これまで刊行されたあらゆる全集叢書文庫類の長所と短所とを検討し、古今東西の不朽の典籍を、良心的編集のもとに、廉価に、そして書架にふさわしい美本として、多くのひとびとに提供しようとする。しかし私たちは徒らに百科全書的な知識のジレッタントを作ることを目的とせず、あくまで祖国の文化に秩序と再建への道を示し、この文庫を角川書店の栄ある事業として、今後永久に継続発展せしめ、学芸と教養との殿堂として大成せんことを期したい。多くの読書子の愛情ある忠言と支持とによって、この希望と抱負とを完遂せしめられんことを願う。

一九四九年五月三日

角川文庫ベストセラー

パイナップルの彼方　山本文緒

堅い会社勤めでひとり暮らし、居心地のいい生活を送っていた深文。凪いだ空気が、一人の新人女性の登場でゆっくりと波を立て始めた。深文の思いはハワイに暮らす月子のもとへと飛ぶが。心に染み通る長編小説。

ブルーもしくはブルー　山本文緒

偶然、自分とそっくりな「分身（ドッペルゲンガー）」に出会った蒼子。2人は期間限定でお互いの生活を入れ替わってみるが、事態は思わぬ展開に……！　読みだしたら止まらない、中毒性あり山本ワールド！

ブラック・ティー　山本文緒

結婚して子どももいるはずだった。皆と同じように生きてきたつもりだった、なのにどこで歯車が狂ったのか。賢くもなく善良でもない、心に問題を抱えた寂しがりたちが、懸命に生きるさまを綴った短篇集。

絶対泣かない　山本文緒

あなたの夢はなんですか。仕事に満足してますか、誇りを持っていますか？　専業主婦から看護婦、秘書、エステティシャン。自立と夢を追い求める15の職業の女たちの心の闘いを描いた、元気の出る小説集。

みんないってしまう　山本文緒

恋人が出て行く、母が亡くなる。永久に続くかと思ったものは、みんな過去になった。物事はどんどん流れていく――数々の喪失を越え、人が本当の自分と出会う瞬間を鮮やかにすくいとった珠玉の短篇集。

角川文庫ベストセラー

群青の夜の羽毛布　山本文緒

ひっそり暮らす不思議な女性に惹かれる大学生の鉄男。しかし次第に、他人とうまくつきあえない不安定な彼女に、疑問を募らせていき――。家族、そして母娘の関係に潜む闇を描いた傑作長篇小説。

落花流水　山本文緒

早く大人になりたい。一人ぼっちでも平気な大人になって、自由を手に入れる。そして新しい家族をつくる、勝手な大人に翻弄されたりせずに。若い母を姉と思って育った手毬の、60年にわたる家族と愛を描く。

なぎさ　山本文緒

故郷を飛び出し、静かに暮らす同窓生夫婦。夫は毎日妻の弁当を食べ、出社せず釣り三昧。行動を共にする後輩は、勤め先がブラック企業だと気づいていた。家事だけが取り柄の妻は、妹に誘われカフェを始めるが。

カウントダウン　山本文緒

岡花小春16歳。梅太郎とコンビでお笑いコンテストに挑戦したけれど、高飛車な美少女にけなされ散々な結果に。彼女は大手芸能プロ社長の娘だった！　お笑いの世界を目指す高校生の奮闘を描く青春小説！

シュガーレス・ラヴ　山本文緒

短時間、正座しただけで骨折する「骨粗鬆症」。恋人からの電話を待って夜も眠れない「睡眠障害」。フードコーディネーターを襲った「味覚異常」。ストレスに立ち向かい、再生する姿を描いた10の物語。

角川文庫ベストセラー

結婚願望　山本文緒

せっぱ詰まってはいない。今すぐ誰かと結婚したいとは思わない。でも、人は人を好きになると「結婚したい」と願う。心の奥底に巣くう「結婚」をまっすぐに見つめたビタースウィートなエッセイ集。

そして私は一人になった　山本文緒

「六月七日、一人で暮らすようになってからは、私は私の食べたいものしか作らなくなった。」夫と別れ、はじめて一人暮らしをはじめた著者が味わう解放感と不安。心の揺れをありのままに綴った日記文学。

かなえられない恋のために　山本文緒

誰かを思いきり好きになって、誰かから思いきり好かれたい。かなえられない思いも、本当の自分も、せいいっぱい表現してみよう。すべての恋する人たちへ、思わずうなずく等身大の恋愛エッセイ。

再婚生活　私のうつ闘病日記　山本文緒

「仕事で賞をもらい、山手線の円の中にマンションを買い、再婚までした。恵まれすぎだと人はいう。人にはそう見えるんだろうな。」仕事、夫婦、鬱病。病んだ心と身体が少しずつ再生していくさまを日記形式で。

不在　彩瀬まる

父の遺言に従い、実家を相続した明日香。遺された家財道具を整理するうち、仕事はぎくしゃくし始め、恋人ともすれ違い――？　すべてをうしなった世界で、人はどう生きるのか。気鋭の作家が愛の呪縛に挑む。

角川文庫ベストセラー

落下する夕方　江國香織

別れた恋人の新しい恋人が、突然乗り込んできて、同居をはじめた。梨果にとって、いとおしいのは健悟なのに、彼は新しい恋人に会いにやってくる。新世代のスピリッツと空気感溢れる、リリカル・ストーリー。

泣かない子供　江國香織

子供から少女へ、少女から女へ……時を飛び越えて浮かんでは留まる遠近の記憶、あやふやに揺れる季節の中でも変わらぬ周囲へのまなざし。こだわりの時間を柔らかに、せつなく描いたエッセイ集。

冷静と情熱のあいだ　Rosso　江國香織

2000年5月25日ミラノのドゥオモで再会を約したかつての恋人たち。江國香織、辻仁成が同じ物語をそれぞれ女の視点、男の視点で描く甘く切ない恋愛小説。

泣く大人　江國香織

夫、愛犬、男友達、旅、本にまつわる思い……刻一刻と姿を変える、さざなみのような日々の生活の積み重ねを、簡潔な洗練を重ねた文章で綴る。大人がほっとできるような、上質のエッセイ集。

はだかんぼうたち　江國香織

9歳年下の鯖崎と付き合う桃。母の和枝を急に亡くした、桃の親友の響子。桃がいながらも響子に接近する鯖崎……〝誰かを求める〟思いにあまりに素直な男女たち＝〝はだかんぼうたち〟のたどり着く地とは——。

角川文庫ベストセラー

幸福な遊戯　角田光代

ハルオと立人とわたし。恋人でもなく家族でもない者同士の共同生活は、奇妙に温かく幸せだった。しかし、やがてわたしたちはバラバラになってしまい――。瑞々しさ溢れる短編集。

ピンク・バス　角田光代

夫・タクジとの間に子を授かり浮かれるサエコの家に、タクジの姉・実夏子が突然訪れてくる。不審な行動を繰り返す実夏子。その言動に対して何も言わない夫に苛つき、サエコの心はかき乱されていく。

あしたはうんと遠くへいこう　角田光代

泉は、田舎の温泉町で生まれ育った女の子。東京の大学に出てきて、卒業して、働いて。今度こそ幸せになりたいと願い、さまざまな恋愛を繰り返しながら、少しずつ少しずつ明日を目指して歩いていく……。

愛がなんだ　角田光代

OLのテルコはマモちゃんにベタ惚れだ。彼から電話があれば仕事中に長電話、デートとなれば即退社。全てがマモちゃん最優先で会社もクビ寸前。濃密な筆致で綴られる、全力疾走片思い小説。

いつも旅のなか　角田光代

ロシアの国境で居丈高な巨人職員に怒鳴られながら激しい尿意に耐え、キューバでは命そのもののように人々にしみこんだ音楽とリズムに驚く。五感と思考をフル活動させ、世界中を歩き回る旅の記録。

角川文庫ベストセラー

恋をしよう。夢をみよう。旅にでよう。 角田光代

「褒め男」にくらっときたことありますか？　褒め方に下心がなく、しかし自分は特別だと錯覚させる。ついに遭遇した褒め男の言葉に私は……ゆるゆると語り合っているうちに元気になれる、傑作エッセイ集。

薄闇シルエット 角田光代

「結婚してやる」と恋人に得意げに言われ、ハナは反発する。結婚を「幸せ」と信じにくいが、自分なりの何かも見つからず、もう37歳。そんな自分に苛立ち、戸惑うが……ひたむきに生きる女性の心情を描く。

幾千の夜、昨日の月 角田光代

初めて足を踏み入れた異国の日暮れ、終電後恋人にひと目逢おうと飛ばすタクシー、消灯後の母の病室……夜は私に思い出させる。自分が何も持っていなくて、ひとりぼっちであることを。追憶の名随筆。

今日も一日きみを見てた 角田光代

最初は戸惑いながら、愛猫トトの行動のいちいちに目をみはり、感動し、次第にトトのいない生活なんて考えられなくなっていく著者。愛猫家必読の極上エッセイ。猫短篇小説とフルカラーの写真も多数収録！

ほのエロ記 酒井順子

行ってきましたポルノ映画館、SM喫茶、ストリップ、見てきましたチアガール、コスプレ、エログッズ見本市などなど……ほのかな、ほのぼのとしたエロの現場に潜入し、日本人が感じるエロの本質に迫る！

角川文庫ベストセラー

食べるたびに、哀しくって…

林　真理子

色あざやかな駄菓子への憧れ。初恋の巻き寿司。心を砕いた高校時代のお弁当。学生食堂のカツ丼。移り変わる時代相を織りこんで、食べ物が点在する心象風景をリリカルに描いた、青春グラフィティ。

次に行く国、次にする恋

林　真理子

買物めあてのパリで弾みの恋。迷っていた結婚に決着をつけたNY。留学先のロンドンで苦い失恋。恋愛の似合う世界の都市で生まれた危うい恋など、心わきたつ様々な恋愛。贅沢なオリジナル文庫。

イミテーション・ゴールド

林　真理子

レーサーを目指す恋人のためになんとしても一千万円を工面したい福美。株、ネズミ講、とその手段はエスカレート、「体」をも商品にしてしまう。若さ、金、権力――。「現代」の仕組みを映し出した恋愛長編。

美女入門　PART1〜3

林　真理子

お金と手間と努力さえ惜しまなければ、誰にでも必ず奇跡は起きる！　センスを磨き、腕を磨き、体も磨き、自ら「美貌」を手にした著者によるスペシャル美女エッセイ！

聖家族のランチ

林　真理子

大手都市銀行に勤務するエリートサラリーマンの夫、美貌の料理研究家として脚光を浴びる妻、母のアシスタントを務める長女に、進学校に通う長男。その幸せな家庭の裏で、四人がそれぞれ抱える〝秘密〟とは。